自由新鎮

1.5 舞台劇 劇本書

戀愛之神與祂的背叛者們

（宅故事創作 Story Nerd Works）
林孟寰——著　　阿卡——繪

CONTENTS

推薦序

這裡有愛有恨也有一點不單純

「自由新鎮是一個什麼樣的地方？」

這是舞台劇的第一句台詞。我一直覺得這是一個非常棒的開場，這句話帶給了觀眾許多的想像，我相信當廠長說出這句話的時候觀眾腦海裡浮現的畫面應該各式各樣，也表示了新鎮的多樣性及豐富性。一個地方的定義跟價值，是由在這個地方生活的人創造出來的，這些角色們在新鎮經歷了相聚痛苦離別幸福等種種事情，就像我們自己的人生一樣。他們為自由新鎮這個城鎮帶來了生命力，而觀看著他們的我們，也從這些角色當中找到了自己某個面向的縮影，以及曾經面臨過或是正在面臨的困境。

因為角色實在太多了，要如何能在短時間內讓所有角色都亮相以及讓觀眾知道角色們彼此之間的關係，其實是很困難但也是必須要去處理的事情。最後選擇讓廠長以類似旁白的身份帶出留在鎮上的人的生活以及關係，是一個我很喜歡的方式，廠長的角色以及定位也能夠被確立。

在自由新鎮第一季完結之後，要讓這些基本上已經發展完成的角色有新事件能夠延伸，是我覺得創作團隊在創作前期遇到的困難之一，討論了許久之後決定以原創角色來開啟新事件的方式去進行。但其實原創角色也伴隨著一定的風險，要如何讓原本的觀眾粉絲接受新角色，一直以來都是很多作品需要去面臨並克服的問題之一；戲份不能多到讓原本的角色篇幅變少、但戲份太少又好像沒有存在的必要會變成一個很影薄可有可無的存在。但在導演以及編劇的努力之下，我覺得最後呈現出來的成果應該至少是還不錯的……吧？至少我自己很喜歡這個角色啦哈哈哈（越來越小聲）。

這齣舞台劇、這個劇本要用一句話來形容的話，我覺得是個有點中二有點熱血但又充滿濃厚情感羈絆拉扯然後又很ㄆㄤ又充滿飯撒的一個作品。好像什麼都講到了但真的什麼都有而且都不是只是沾一點而已，自己喜歡自己的作品，應該很正常吧？哈哈哈。

李啟源（馬弟） 自由新鎮1.5舞台劇製作人／三點水製藝文化有限公司

宅宅的人做給宅宅的觀眾的宅宅的戲

對於許多人來說，「戲劇」一詞好像比大家想像中還遙遠。大家都知道台灣有劇場、有舞台劇、有音樂劇以及各種劇場作品隨時都在演出，但真的踏進劇場看過戲的民眾一直都占少數。若不是因為我就讀戲劇系，或許也就一輩子跟劇場無緣。但自從二〇〇九年一腳踏入劇場之後，我好像怎麼樣都離不開。而在同一年，我也開始了我的實況生涯。自此之後一直在思量，要怎麼利用兩個看似不同卻又十分相似的領域，做一齣讓更多沒有接觸過劇場的人喜歡上這裡的作品。《自由新鎮1.5》就是在這樣的期待之下誕生的。

擔任主演的實況主們在短時間內接受了強度跟頻率都算高的表演課訓練，訓練期間每一位都表現出非常亮眼的成績跟顯著的進步，對於表演的理解也在很快的時間內掌握了不少，我想這還是跟演員們的工作型態有關係。雖然說「實況」與「直播」這樣的職業講求的是真實性，但近幾年也漸漸發展出一定的表演性質，這讓他們在接收指令的思路上比一般人清晰許多。表演指導陳以恩也曾經跟我提過，對於這群演員可以在這麼短的時間內接收並且消化這麼多筆記，她感到非常的驚訝。

在製作上，對於整個製作團隊來說，實況是相對陌生的領域，所以在前期的設計會議以及討論上，常常出現我與製作人必須想盡辦法解釋為什麼我們會有一些奇怪的堅持或是期望。設計們也利用私下的非工作時間做了許多功課，嘗試去了解實況的生態，甚至是利用閒暇時間觀看演員們的實況或是影片來試圖更了解演員們，以便於設計出能滿足他們以及觀眾的作品。

《自由新鎮1.5》在首演時拿下了許多成就，也締造了許多說是奇蹟也不為過的成績，但這個作品能夠產生這樣的迴響並不只是找了非常有人氣的實況主來擔任演員，而是因為整個團隊都感受到了劇場的魅力，然後希望能將這份感受傳遞給走進劇場的觀眾。我相信所有人也感受到了「實況」與「劇場」兩者之間奇妙的相似性，希望讓更多人能體會這種神奇的碰撞。雖然說到底，這部作品真的比較粉絲向，不過如果能夠讓愛著某件事情或某些人的「粉絲」，因為這樣第一次踏入劇場看了一齣滿意的劇場作品，對於創作者來說，那也是一件非常值得驕傲的事情了。

在劇本創作的前期，我們與編劇大資以及筱翊討論的次數其實並不多。由於大資與筱翊本身都是擁有「宅屬性」的人，所以我們其實不需要花太多的時間說明跟解釋，兩位就已經對作品的方向有了蠻明確的頭緒。最大的難題就來到了到底要怎麼讓原本沒有進劇場看戲習慣的觀眾感受到「被服務」。前文有提到，這齣製作確實是一齣粉絲向的作品，雖然乍聽之下好像是票房保證，但事實上是背負了許多粉絲的壓力。畢竟近幾年來有太多的作品就是因為粉絲看了不買單，而造成各種批判。這方面我想大家也是心知肚明。我們也理解一定有部分觀眾是既期待又怕受傷害，很想在更多領域看到自己支持的作品出現，但每一次都是一場賭注，深怕這些延伸出來的二次創作毀了原作的醍醐味。於是我們在前期的劇本會議裡，用非常快且精準的節奏確定了劇本走向，挪了更多時間出來討論，要怎麼讓因為這個IP進劇場看戲的觀眾能夠感受到被照顧，同時也能讓不了解自由新鎮的觀眾感到有趣。在這方面負責編寫以及整理劇本的大資與筱翊可說是絕佳拍檔，大資用熟練的編劇手法創作出《自由新鎮1.5》的劇本之後，再由筱翊接手，利用她天生的粉絲之眼將實況的特色以及趣味性一一加入劇本裡，再進入排練場由演員讓這些很內部、很專業的「梗」進行更多的發酵跟化學作用，這部作品也就這麼成型了。

演出結束後，我們得到許多觀眾的回饋，大部分的觀眾們都對角色們的還原度讚嘆不已。這其實是一個讓我感到很有趣的現象。在實況演出的時候，本來就是由實況主本人操作角色進行演出，為什麼真的要以三次元的形象出現在大家面前的時候，卻會有一點擔心跟原本的角色不一樣？這個擔憂在我們開始要著手這齣製作的時候也時不時懸在我心頭。不過我想最後的成果很直接地證明了我們成功的化解了出現「違和感」的危機，將角色活生生地搬上舞台了。畢竟這齣戲就是由幾個宅宅的人製作給宅宅的觀眾看的宅宅的作品。如果以飲食來比喻的話，就是一間給想吃辣的人開的麻辣火鍋店加上很辣的辣椒配料。如果店家跟消費者都是為了吃辣而來，那這樣的組合你說，它能不香嗎？

蘇志翔（鳥屎） 自由新鎮1.5舞台劇導演

POLICE

導讀

有愛就要大聲說：台灣2.5次元劇場的展開

《自由新鎮1.5戀愛之神與祂的背叛者們》（簡稱《自由新鎮1.5》）為什麼值得我們討論？五千張票券在網路開賣數分鐘內全數售罄。演出那三天，長長人龍排隊等著買角色週邊商品，場邊三不五時傳來工作人員為了維持秩序的吆喝聲。等到演出正式開始，劇場空間內的觀眾笑聲與掌聲，更塑造出高度一體化的氛圍。這樣的景象與其說是劇場演出，倒比較像是熱門演唱會的盛況。單單以這般演出的情景來看，《自由新鎮1.5》就不同於大多數的劇場作品。這篇文章由此試圖在本作表象的成功之外，更仔細地談論《自由新鎮1.5》演出的意義。

從廣泛的文化脈絡來說，《自由新鎮1.5》應該可以說是台灣現代劇場創作，受到御宅文化影響的有力證明。「御宅族」（Otaku）一詞源自日本的次文化評論，原意指涉對於日本動畫、漫畫、電玩等次文化媒體有熱切愛好，並且以多元形式參與消費，乃至於進行二次創作的族群。隨著全球化文化高速流動之際，日本亦大量輸出自身文化產品，並制定政策打造「酷日本」（Cool Japan）的品牌形象，御宅族一詞逐漸擺脫潛在的負面形象，反而用以描述熟悉日本流行及次文化的族群，於海外亦逐漸廣為使用。

暫且不論其中的歷史變化，台灣當然也有御宅族。討論《自由新鎮1.5》，需要理解的，是有一群青年世代的台灣御宅族創作者出現了。這些人大致上為一九八〇年代出生，一九九〇年代後半進入青少年時期，並且與美國、日本次文化作品一同成長。正是這樣現今三、四十歲左右的一群人，成為台灣藝文創作的新興主力，開始有人將創作視角投向自身成長經驗接觸的動畫、漫畫與遊戲，其實是很合理的發展。而這些已經三十而立，搞不好已近不惑之年的御宅族，在劇場交出了《自由新鎮1.5》這部應該在戲劇史裡記上一筆的重要作品。

《自由新鎮1.5》的重要性，首先體現在它是一部廣義上，台灣罕見的2.5次元舞台劇作品。2.5次元舞台劇在原生地日本已經是相當常見的創作形式，泛指將動畫、漫畫等平面作品真人化搬上舞台的實踐，其重點在於透過演員還原角色。《自由新鎮1.5》的「原作」《自由新鎮》的源頭為電玩遊戲《俠盜獵車手V》（Grand Theft Auto V，簡稱GTA5），GTA5是全球知名的開放世界遊戲代表作，累積銷量突破一億，且持續增加中。在遊戲的官方玩法之外，其自由度也吸引許多玩家自行架設伺服器，供同好連線交流，也開啟虛擬「角色扮演（Role-Play）」的可能。角色扮演在台灣一般俗稱「RP」，意即玩家透過GTA的角色設定，在其中展開該設定之角色生活。背景暫且談至此，《自由新鎮》即是由台灣實況主發起，GTA5在台灣的RP；《自由新鎮1.5》則是在此之上，以舞台形式延續了《自由新鎮》的情節與生命。五千名觀眾縱然不能一概而論，但肯定有大量的人，為了看自己喜歡的角色在現實舞台上動起來而走進劇場。也就是這些人，在每場開演前早早到場排隊，只為購入角色週邊，形成我們看到的排隊風景。

《自由新鎮1.5》更值得注目的地方，在於它是「跨媒介展開」（media mix）的作品，可以基於時下流行的次文化類型作品，嘗試進行舞台劇搬演。它展示了另一種當代劇場創作的另一種可能路徑，不是單純原創，亦非既有文學作品的改編，而是望向受到觀眾歡迎的IP（Intellectual property）。在日本（美國亦差不多情況）動畫、漫畫、電玩、輕小說已經形成高度複合的產業鏈，且和劇場、電視劇、電影等平台有密切聯動的可能，商業成功的作品跨足多平台改編，已經是常態。台灣在摸索自身的文化創作樣態的同時，它亦是一個深受美日兩地影響的文化場域，作品的靈感來源則可能，也可以回應如此的文化混雜情境。

《自由新鎮1.5》展現的可能性，除了呼應這類跨媒介展開的商業模式外，更有連結網路與現實的面向在內。參與《自由新鎮》RP的實況主，有著各自的群眾支持者，而這些觀眾可能以收看網路直播為主要休閒，不見得會進劇場看戲，畢竟劇場在台灣實在小眾。但是，這些觀眾卻因為《自由新鎮1.5》走進了劇場，接觸到現場戲劇演出。《自由新鎮1.5》顯示出，台灣劇場製作的水準已經發展到足以應對各式媒體的既有作品形態。它的成功不只讓人注意到2.5次元的存在，亦拓展了台灣劇場界取材的可能性，次文化與網路新媒體都可以成為劇場創作素材。如此結合次文化的創作，在當代劇場史裡，二〇一四年《新社員》的BL路線已經是成功範例；《自由新鎮1.5》則是更為自覺的企劃，結合了次文化、網路、劇場的展演元素，也讓人見到跨媒介展開作品吸引新觀眾的潛力。《自由新鎮1.5》即是如此以美國遊戲為體，日本次文化為魂，台灣劇場為場域實踐的跨媒介展開之特殊案例。

《自由新鎮1.5》的演出內容本身如何呢？或許可以這樣說，《自由新鎮1.5》是通俗劇的表皮加上台灣在地關懷的血肉。以下涉及一點劇透，建議看完劇本再繼續閱讀。

《自由新鎮1.5》延續《自由新鎮》RP的角色關係，讓這些角色的配對來滿足為RP進場的觀眾。沒有看過《自由新鎮》的觀眾，其實也不用太擔心，因為演出有大量的時間放在角色互動放閃上面，就算不熟悉各角色原本的背景，仍然能夠在觀賞過程累積角色相關知識，進而享受演出。最終子瑄和小花打破鏡框的婚禮場景，之所以能夠成立並受到歡呼，即證明了觀眾不需要前置的背景知識，亦能理解、接受這些角色的羈絆。也就是說，《自由新鎮1.5》作為獨立的作品來看，仍然條理清楚，情感飽滿。

劇情方面，《自由新鎮1.5》是有關愛與自由的作品，自由新鎮的居民在迎入外來者欣欣之後，才發現欣欣是黑暗組織「非常愛教」的臥底。此組織透過洗腦破壞原本的情侶配對，亂點鴛鴦譜讓自由新鎮居民的生活大亂，企圖奪取自由新鎮。以戲劇性來說，如此人際關係的重新洗牌，使得演出帶有明確的喜劇基調，亦誘使觀眾對於自由新鎮如何能恢復原本面貌充滿期待。

但是，《自由新鎮1.5》亦不只是以搞笑為目的的作品。所謂的外來者，在劇末歷經了自我醒悟和悔改，如果沒有她的改變，事實上本劇的危機似乎不見得能化解。欣欣可以說成為近似反面英雄（雌）的存在，同時也模糊了原本正邪對立分明的通俗劇窠臼。本作的邪惡組織非常愛教，平心而論，只要觀眾／讀者對於台灣性平運動相關新聞有點認識，都不難從這個組織於劇中的形象，看到些許台灣現實情境的身影。當然，《自由新鎮1.5》並非什麼政治劇場，而是以通俗劇舉重若輕的態度，透過角色關係的錯置來對何謂愛進行辯證，最終則訴諸真愛必勝結束本劇。愛情經過《自由新鎮1.5》如此的處理，已經不只是通俗劇或次文化中那般，需要經過考驗的王道展開，更得要置於台灣性平運動和同志婚姻的歷史場景中加以理解。《自由新鎮1.5》將性平意識進行2.5次元化喜劇的包裝，確實沒什麼了不起的大道理，然而或許這樣訴諸信念而堅持前行的態度，更加符合台灣年輕族群的時代精神。

最終，《自由新鎮1.5》劇情至高潮對決時，是由甜雞、奇雞兩隻布偶雞的真人化方式，和大魔王機器貓（對，就是「盜版哆啦A夢」，劇本明寫著）對抗，表演風格大概和金光布袋戲最為接近。這是本劇最為魔幻寫實的時刻，也是某種動漫化的「機器神」降臨，以意外、毫無邏輯的方式

解決了劇情難題。如果是嚴肅講道理的劇場演出，如此手法大概很難說服觀眾，不過正由於本劇是2.5次元作品，遊戲式的展開反而成為戲劇性的看點。《自由新鎮1.5》基於2.5次元的風格，於文本與演出深刻體現了劇場的可能性，並且在內容和意識形態層面都進行相對應的調整。它的成功並非奇蹟，而是創作群的努力。必須承認，它可能因為原作及其RP風潮退去，觀眾的號召力會有所減弱。無論如何，劇本留下了證明。倘若日後2.5次元或更廣義的跨媒介展開，能夠成為台灣劇場的固定風景，《自由新鎮1.5》的製作，絕對是值得紀念的一步。

王威智　國立清華大學台灣文學研究所助理教授

自由新鎮：一段歷史

大家好，我是呂女，負責劇本監修的工作，也私自將被任命為鎮史館館長的自己，定位為新鎮民的引路人。

劇本書要出版了。噢不，對於正閱讀到這篇文字的各位來說，抵達到各位眼前時，已經是該用完成式的時候了。在繼續往下翻閱劇本之前，我預想著您可能是腦細胞夥伴，也可能是實況主演員們的觀眾，已經看過《自由新鎮1.5舞台劇》的朋友，又或者是——對這個故事全然未知也未曾預設的，一位讀者。那麼，您可能未必知道即將看見什麼，而會需要一些事先的預備或想像？我又如何面面俱到的讓這篇文章，在閱讀劇本前對無論是什麼身份的您都能夠派上用場呢？

讓我們還是從這個問題開始吧：「自由新鎮是個什麼樣的地方？」

在透過VOD跨越時空、體驗了二〇一九年六月的腦細胞們感受的感受後，對我來說，自由新鎮的存在，是左下角的地圖、右下角的訊息、右上角的喧嘩、前方的風景。看著選擇進入自己世界的人事物流動經過，聽著、看著大腦的行動和主張，不時和腦細胞們嘰哩呱啦奔放恣意，期待著下一刻會有怎樣的可能。角色和故事，一點一點在那些共度的夜晚裡，積累成形。

然而就跟真實的人生一樣，我們在做出每個選擇的時候，也許想像過未來，卻都沒有辦法知道或是控制那些後來。直到很久很久以後，當我們已經走得很遠，回頭看的時候，也許才會驚覺，啊，是那些時候的什麼，讓我在原以為的軌跡上跌宕碰撞，讓我們成為後來的樣子。那些必須等到走得夠遠，遠到足以回頭的時候才能勉強辨識的，我想，才能算是歷史。

而發生在二〇一九年六月的自由新鎮RP，就是這樣一個以為僅是一段經歷，卻成為一個起點的發生。在那些當下，沒有人料到還有什麼後來，也因此在自由新鎮第二季之後，當這些角色與這個場域的生命里程已更加清晰可見，決定以劇本形式來書寫「1.5」這個時間點，就意味著如果我們在乎所有曾經參與過及見證過這段歷史的觀眾，那麼編劇的創作，就不能是全然的憑空發揮，而是必須以既有的新鎮歷史事實為前提，在留白處創造出一個承先啟後的可能。

然而在同人創作的平行宇宙早已百花齊放那麼久的之後，這部遲來許久的劇本書寫，拿掉所謂的「官方認證」後，又該如何去品味呢？

在此容我為較不熟悉劇本文體的讀者稍作說明：劇本通常是以「要能夠被演出」為目標來書寫的，因此雖然有著基本的時空想像和設定，以話語和對角色行動的說明，和小說等其他文類或有相似，但閱讀時，心理活動則著重在想像那實際上被演出的「戲」，會是什麼模樣？那些句與句、字與字之間，會如何被導演和演員以想像和感受填補和串連？那些標籤式的情感態度和動作，會如何被表演出無限的詮釋可能？我認為優秀的劇本，都是能夠以簡單又精準的文字守住情感核心，又能讓導演和演員在已鋪排好的故事結構上安心玩耍的。

因為一開始就知道是由賦予這些角色靈魂的實況主本人來飾演這些角色，除了考量到得讓演員有自由的詮釋空間（且若有言行邏輯不合角色性格之處，他們勢必會在後期詮釋時做出更精準的修正，根本無需我們操心），在協助編劇大資完成劇本的過程中，我們選擇的把關方式並非字字句句的計較是非對錯，而是嘗試在各種點子和情節安排降臨之時，去運用我們在觀看ＶＯＤ的過程中所累積的理解，釐清這些推進故事的行動在這群人之中可能會是由誰啟動、這些衝突點可能是從哪裡長成、這樣的話語是否適合他們的個性，又或者，有沒有可能給予這個角色截然不同的可能讓演員去挑戰，且能在台上不失其亮點？當然，也盡量以不刪改、不拒絕其可能性的選擇，保有大資編劇風格的趣味和巧思，看能否和逐步踏上演員之路的實況主（角色父母們），撞出新的火花。

大家看到的1.5舞台劇，就是經歷了以RP歷史為本所完成的劇本寫作，再以劇本為本完成的詮釋創作，反覆修正，只為了追尋這群角色的世界中，那個最可能發生的真實當下。

然而有趣的是，劇場的觀賞趣味是每場演出的當下，和所有在場觀眾一同參與和感受，但一旦回歸到文字的閱讀，又會立刻轉換為個人獨有的私密體驗，可以讓想像力奔放馳騁。考量在實際演出時，已經經由導演和演員的精雕細琢，有了許多當初劇本初稿沒有的調整，我們參照了演出版，將原本偏向功能性為主的舞台指示以小說筆法重新潤飾，並將部分台詞調整成演員處理後的版本，讓大家在閱讀時也能回味當下；另一方面，也保留了大部分的對白寫法，讓大家可以好好比對玩味演員的表演選擇。

這次也趁著出版劇本書的機會，同樣以劇本的形式書寫了三個篇章的「1.25」故事，作為番外篇一併收錄於此書，和基本上以平行時空概念創作的彩蛋不同，這三篇劇本在時間軸上可以視為前導，也補充一些創作1.5時的割愛和留白。沒有爆雷，是否演出未定，如果還沒有觀賞過1.5的讀者，可以先睹為快也無妨。

如果你準備好了，就請開始這趟只屬於你自己的體驗吧！

呂筱翊（呂女） 自由新鎮鎮史館榮譽館長

POLICE

人物介紹

修車廠廠長 高皮條

年輕時一度迷失的他，在汽修科畢業後跟朋友混了黑社會，協助人蛇集團做起人口販賣的生意。但本性溫柔的他逐漸無法接受組織傷害小孩的勾當，決意逃離組織後金盆洗手，繼承家裡的修車廠，重新開始他人生的第二春。婚姻失敗，對小花和北村兩個員工宛如爸爸對子女般，在意關心，卻不常表達。

某天他向酒吧店長阿狗坦白自己的過去之後，意外得知這些不堪的過往竟牽涉到阿狗失蹤的妹妹。難辭其咎的他和阿狗結盟，以協助他復仇來為自己的過去贖罪。在阿狗完成復仇卻也死去之後，為了避免人蛇集團的餘黨為鎮上帶來更大的危機，威脅到他所在乎的人，他決定離開自由新鎮，完成剷除人蛇集團餘黨的使命。

臨走前，他留下字條，交代小花和北村代為管理修車廠，照顧好自己，也替阿狗照顧好王小姐。

計程車司機 李子瑄

在結束一段不愉快的婚姻之後，子瑄帶著她的所有，隻身來到自由新鎮，成為一名計程車司機。不知該說是命運的捉弄或是安排，諸事不順、車禍連連的她，卻也因此和看似冷漠實則傻氣的修車工葉小花相遇、相知、相惜，最後成為彼此生命中不可或缺的存在。但卻也因為兩人緊密的關係，讓子瑄成為黑幫威脅小花加入集團的把柄，也為兩人的相處一度帶來危機。

在一切風暴過去之後，兩人的羈絆變得更深，於是相約一起建構新生活，擘劃著一起收養孩子的未來。即使對兩人之間的關係未曾明說和定義，子瑄卻覺得無比的踏實和安心。

心臟有舊疾的她，個性看似木訥嚴肅，實則溫柔睿智，最討厭說謊和隱瞞，是可靠的傾聽者。為芯瑩和北村、林甜甜和熊奇奇的關係，都曾適時的給予溫柔的推力。

修車廠技工　葉小花

從小失去父母的小花，十歲就開始過著一個人到處打工流浪的生活，甚至曾經在人蛇集團擔負運送孩童的工作。來到自由新鎮後，她找到了修車廠的工作，在仍然摸索著和他人該如何相處之際，遇見了李子瑄，也在一次次的修車中建立起兩人的緣分和交集。

當善解人意的子瑄因為自己受傷而落淚時，她第一次感受到被人在乎的溫暖。而在修車廠裡，廠長和北村也在看似平淡的日常交流中，建立起家人般、不需每日相伴，卻始終惦記彼此的情誼。自小流離的小花，終於在新鎮找到了她一直渴望的歸屬感，卻也因此在被黑幫以子瑄的安危要脅時，將痛苦默默背負。

黑幫事件落幕後，廠長的不告而別雖然讓她有些難過懊惱，但她還是打起精神，拉著北村和子瑄一起維持車廠的營運。和子瑄一起的生活是如此平凡而美好，讓她有了更多面對生活的勇氣後，也更好奇人生的可能性，開始覺得兩人的關係，也許可以進入下一個階段了？

修車廠技工　北村涼平

總是一個人從高處眺望城市的他，騎車技術精湛，個性和聲音一樣看似穩重，唯有玩起特技滑板追求冒險刺激時，才讓人意識到他才年方二十出頭。爸爸是日本人。小時候就跟著家裡修理大大小小的機具，讓他練就了一身修車的好功夫。在某次和家人大吵了一架後，他帶著行囊來到自由新鎮，加入修車廠，希望能繼續精進技術，成為一個什麼都能修的全能修理王，讓父母親刮目相看。

富有正義感的他，對鎮上的治安亂象無法坐視不管，和計程車司機財哥、小柯醫師、糰子警官在合作追緝黑幫的過程中建立起深厚友情，卻也荒廢了修車廠的工作，甚至屢次讓自己遭遇危險。

在和芯瑩相互表白心跡之後，芯瑩對於他總是讓自己身陷危險的不安，讓他思考起對自己真正重要的事，決定專心回歸自己的本職，用行動證明自己不但是個專業的修車師傅，也能成為芯瑩可靠的另一半。目前最常出沒的地方，不是修車廠就是酒吧。

酒吧（代理）店長 王芯瑩

三十一歲，個性隨和好相處。來到自由新鎮之後，渴望交到朋友，卻因為原本在裁縫店的工作內容枯燥乏味，只能自得其樂，常常遇到怪事更讓她心慌，所幸認識了修車工北村之後，有了一個可以分享生活感受的對象。

在看似可靠的酒吧老闆阿狗邀請下，轉職到薪水較高也比較有和他人相處機會的酒吧擔任副店長，在玩笑打鬧間漸漸能獨當一面，在阿狗死後更是強忍悲傷撐起酒吧，和其他員工 Terry、小汪、阿翎也有家人般的同事情。

和北村都屬於一在意別人的事情就不顧自己的類型，也是因為這樣對北村的安危格外掛心。在阿狗死去和財哥離開後，終於克服對年齡差距的擔憂，決定面對自己的感情，和北村一起勇敢的走下去。即使想念阿狗，仍然努力帶領員工維持酒吧的營運，認真過好平凡的每一天。

酒吧副店長、保全、DJ 屠盡封（Terry）

因為不知名的原因，在他曾經待過的城市中經常會被警察逮捕。在飽受困擾之下，無意間在報紙上看到了自由新鎮，決定要在這裡展開全新的生活。但從採礦工人開始的屠先生，在自由新鎮的日子並沒有他想像中的那麼順遂，好不容易交到朋友，卻又因為幫人送大麻再度被警察逮捕，甚至連累不知情的朋友汪剛磊（小汪）一起遭警方刑求。

在經歷牢獄之災後，覺得愧對舊友的他改頭換面，在芯瑩的傾聽和接納下，以 Terry 之名成為酒吧員工，並和後來加入的小汪、阿翎組成「Te 磊翎」三人組。

看似平凡沒有爆點的他，待人應對其實非常得體，也常細心發現他人需求，懂得「說話的藝術」。在阿狗店長離開後，協助芯瑩撐起這家店成為員工們共同的使命，也讓他發現了自己更多的可能性。

記者 熊奇奇

少根筋、無釐頭，樂觀正向，以一身斑馬裝、奇差無比的開車技術和瘋癲的行事風格聞名，列舉新鎮三寶與新鎮亂源時一定榜上有名。

剛入鎮時因為太常撞車而和警局、修車場、醫院、計程車行很快都有了交集。經營自媒體的她，對人物極具好奇心，喜歡炒熱氣氛，也相當敬業的在挖掘新聞和八卦，但看似白目愛亂又膽小的她，其實對事物具有相當的洞察力，在聆聽他人求助煩惱時總能一語道破，命中要害，直指問題核心。

因為在得罪黑幫老大填海時四處求救，卻只有甜甜院長伸出援手，因此感受到院長高冷外表下的善良溫暖，於是也以同等的善待回應，而在相處中漸漸把對方的事看得比自己的事還重要。在得知院長對自己隱瞞黑幫的威脅時非常生氣，比起被保護寧可一起承擔，於是決定和院長一起出國躲避。和子瑄小花約定好，等到風波過去，要回到自由新鎮，四個人一起住、一起生活。

新鎮醫院院長 林甜甜

麋鹿鄉長大的她，智商一百八十七，從小一路就讀資優班，後跳級到大學醫學系畢業，踏入醫界後，看盡職場的黑暗，逐漸養成她無法輕易信任他人的高傲厭世性格。

為了尋找能與她並駕齊驅的人類而來到自由新鎮。在接下新鎮院長的爛攤子後，即便被眾人敬重需要，也看好下屬小柯的認真而享受著鞭策他的樂趣，表面冷靜淡定從容談笑的她，內心卻仍然空虛，也因此重拾大麻藥癮。

然而，不按牌理出牌、總被視為新鎮亂源的熊奇奇，其讓人好氣又好笑的瘋狂荒謬卻為她的世界帶來前所未有的溫暖和安心。在一同飼養甜雞和奇雞後，兩人更建立起無法用任何世俗標籤定義的羈絆。自此守護熊奇奇快樂的笑容成為她人生中最重要的事。因此，在受到黑幫威脅後，擔憂自己無法保護熊奇奇和兩隻雞安危的她，一度試圖隱瞞熊奇奇獨自承擔，卻壓抑憂鬱到企圖自殺。在獲救後被熊奇奇罵爆，最後兩人決定一起出國躲避，遠離是非。

人物介紹

新鎮醫院外科主任 柯博文（小柯）

在醫學世家長大的他，從醫學院畢業後繼續投身醫界服務。在市長爸爸的介紹下來到自由新鎮。條件堪稱高富帥的他，個性溫和，工作認真，在醫院常被院長電，又被學妹希可追求，常被女生圍繞卻有些恐女，甚至在醫院出遊時還曾打電話向好友北村求救把自己帶走。
原本以為自己會是個生活中除了醫院就是回家的工作狂，卻因為狐狸面具而被懷疑是和「狼」同夥的黑幫成員，也因此和糰子越走越近，後來也成為柯北財糰的一份子，跟著財哥一起調查黑幫兼遊山玩水。
和開朗又傻氣的糰子相互關心，老早就被旁人大敲邊鼓，卻因為強烈的不安及自卑，讓兩人關係一度陷入僵局，也讓疼愛糰子的財哥看不慣他的畏縮。在終於想通之後把糰子約到昔日的海邊真情告白。然而交往之後，卻因為醫院只剩自己一人，忙碌中可以見面相處就很珍貴了，有些話語似乎盡在不言中？

警察局警員 小森糰子（だんこ Danko）

大阪人，因為憧憬台灣的生活步調，辭掉工作來到自由新鎮，説話有可愛的口音但是越説越流利了。個性認真善良，對於重視的人會直接的表達出重視和感謝，也會很細微的發現他人的情緒變化並給予關心，把警局的大家都當成自己的家人，也和財哥、阿北在追緝黑幫的過程中結下兄妹般的情誼。然而不能忍受重視的人對自己有所隱瞞，被當成外人的感覺會讓她非常受傷。
剛到自由新鎮時，因為肚子太餓昏倒在路邊，被剛好路過的小柯醫師救起，從此結下兩人的緣分。小柯的躊躇不前，讓糰子不知所措了很久，幸好終於在充滿回憶的海邊等來小柯的真情告白。
兩個善解人意的人在一起之後，依舊為鎮上人們的健康和治安勤奮地努力著，雖然無法形影不離的放閃，但有彼此當後盾就是最平淡的幸福。糰子相信，只要兩人相愛的心意相通，什麼隔閡都不會存在。

警察局警員　吉牠仙（小吉）

愛講冷笑話的人有很多，但他就是愛講冷笑話講到變成個人特色的那一個。因為本名太過特殊，從小到大時常因為名字的關係被周遭的同學或朋友欺負嘲笑，某天一氣之下搬出原本居住的城市，來到自由新鎮，立志成為一名好警察。工作上認真敬業，對於上級指令盡力做到，私下個性隨和好相處，即使冷笑話常常被眾人吐槽，仍然在昱葳捧場的大笑中鍥而不捨，追求自我的突破。

剛入鎮時打扮老氣、皮膚又黑，讓人看不出才二十多歲，甚至還被眾人抓去改造的他，卻能夠注意到昱葳每天穿著打扮的變化，甚至為她挑選適合的可愛洋裝。察覺到昱葳心情不好時，也會關心開導或是笨拙的逗她開心。不管是緝毒案件或是黑幫搶案， 兩人一起經歷了私刑正義的價值觀衝擊，也陪伴彼此渡過最沮喪低落的時刻。在黑幫事件落幕後，在碼頭向昱葳告白成功而正式交往至今。

現在的小吉在工作上仍然不遺餘力，但私下的他所有的好只給喜歡的那個人，是昱葳專屬的貼心暖男。

警察局警員　陳昱葳

從小正義感強、愛幫人出頭的她，長大當上了警察，但因為某些原因被調離原本的單位，來到了自由新鎮。個性率直的她，辦案時追兇不手軟，極具魄力，擁有神準的好槍法。

剛開始不太適應在自由新鎮的生活，每天遇到各種怪人怪事讓她相當崩潰，情緒變化大，有時壓力大到要唸心經，甚至焦慮到得去醫院拿藥來換得平靜。後來更因為私刑事件一度對警察生活感到困惑不信任，幸好後來破冰和解，同事間也在日常的巡邏和查案中建立起彼此間的默契和親密感。

原本和小吉只是常一起執勤的學長學妹關係，感情卻在一起上下班、巡邏、八卦他人間漸漸升溫，小吉的暖心舉止和一個個帶給她快樂的冷笑話，逐漸代替藥物平撫她的焦慮。確確實實感受到小吉對自己的珍惜和不離不棄的喜歡，相信和小吉在一起的日子，都會是想為他穿上美麗洋裝的好心情吧。

人物介紹

警察局局長　妘芮

任職於新鎮分局已屆十年，對外有著可靠的形象，但其實是個渴望忙裡偷閒、悠哉度日的大叔。但也許就是因為形象太過可靠，原本打算做滿三年就調到鄉公所平淡地做到退休的他，從代理局長當回副局長，最後又被中央長官指派接任局長，一直擺脫不了勞碌的宿命。

喜歡釣魚、唱歌、各種宅梗，重視凝聚警局向心力，對各種場合的炒熱氣氛不遺餘力。警局相認口號發起人、互稱單名運動發起人。

在緝毒、追緝黑幫的過程中，一度因為急於結案而主張動用私刑，引起了警局對正義的思考辯證，甚至讓臥底的小菜考慮辭職，但在經過小菜的勸告後向眾人道歉獲得原諒。對於總是不按牌理出牌的小菜沒輒又心動，也對小菜的管教照顧樂在其中又苦惱，不知道要怎麼脫離這個兄妹以上戀人未滿的關係。每當小菜又英勇外出辦案的時候，大家都會發現他格外寂寞。

警察局副局長　顧輕舟（小菜）

字典裡只有「正義」兩個字的她，雖然進警局較晚，但辦案的認真和魄力一點都不輸其他學長姐。

在追緝黑幫販毒時，以光頭小姐曾迪瓊的身份臥底，和屠盡封、汪剛磊成為好友，卻也在完成任務後，必須抹去身份與兩人避不見面，也因為這樣不敢像大家一樣和夜店組那麼親近，這點，一直是她心中的遺憾。

來自由新鎮到職的第一天就被當時的代理局長妘芮用直升機絞傷了，但在相處之中日漸擺脫對他糟糕的第一印象。在日常巡邏、購物接送中，兩人感情若有似無的滋長，培養出近乎心電感應的絕佳默契，和妘芮彼此管教相互關心，以難以捉摸的認真和鏘，把幼稚的妘芮治得死死的。也因為辦案能力受到肯定，升任副局長後時常被其他單位借調外出辦案臥底，行蹤不定，但總會回來的。

酒吧店長 阿狗（歿）

新鎮酒吧創店店長，為復仇追蹤人蛇集團多年，來到自由新鎮後，開設酒吧以收集更多情報。完成報仇後要妘芮槍殺自己。因為芯瑩名字中的「芯」字讀音讓他想起失蹤的妹妹，認定芯瑩足以信賴後便邀請她來酒吧上班，最後也將酒吧託付給她。

目前他的死只有當場見證的廠長、妘芮、芯瑩知道，北村則是後來被芯瑩帶到墓園才得知。在劇中並未登場，卻是影響重大的關鍵人物。

？？？ 欣欣

酒吧店長阿狗的妹妹，被人蛇集團擄走後失蹤多年。

酒吧

位於南方港口碼頭附近，隱身於倉庫建築群中的工業風酒吧。前身為脫衣舞吧，在店長阿狗接手後，以較為沉穩的氛圍提供鎮民休憩。
主要是以吧檯區延伸的開放式格局，但也設有 DJ 台和 VIP 包廂，可配合各種私人聚會包場的需求。飲食方面，除了客製化的調酒，亦提供牛奶、汽水、香腸等非傳統餐飲。由於店長和員工皆善於傾聽和對話，還有店貓小條（也有人稱貓咪、喵喵、小石虎……）常駐吧台，可聊天可玩貓，為鎮民提供心靈慰藉。因應治安，也和警方合作建立通報系統。口耳相傳後廣受喜愛，漸漸取代市中心的競爭店家，成為鎮民閒暇之餘聚會休閒的去處。在人手擴大招募後，也開始拓展外送服務、巡迴餐車等業務，業績不算蒸蒸日上，卻成為自由新鎮日常必需不可或缺的存在。
在店長阿狗因「私人原因」離開自由新鎮後，目前店長為王芯瑩，員工有兼任保全的屠盡封 Terry。外送組的汪剛磊與阿翎目前則因為前往北部進行分店籌備而不在鎮上。

警局

座落於市中心的警局，鄰近各行政中心與拖吊場，是鎮民辦理完戶政程序、熟悉鎮上事務，必先造訪之地。一樓櫃檯每日有值班員警常駐，設有洽公等待的座椅區，第一時間就能幫民眾解決日常問題。也因此，警局大廳、門外人行道與停車場，鎮民經常在此相約見面，也有偶遇交談，時常有人聚集。若無意間聽見不知是否該繼續聽下去的情報，靠牆之處也有足以遮蔽的草叢可供藏身。
警局內除了設有更衣間、拘留室、槍砲庫等空間分布於各樓層，有別於一般公務機關，一樓大廳櫃檯後方即是局長辦公室。警局同仁間上下沒有階級之分。現任局長妘芮作風親民，時常親自出馬傾聽民眾需求。然而因為副局長小菜身手矯健、善於喬裝，常被其他單位指名調派進行特殊任務而離開鎮上，反而導致局長無心工作。目前警局主要的執勤、巡邏、維安，多半由小吉、昱葳、糰子三位警官負責。

修車廠

在這個生活節奏快速、人人以車代步的城市，修車廠提供車輛的維修保養，以及無論山上或海邊，都能夠隨傳隨到、價錢公道的道路維修服務，讓鎮民的生活多了一分保障與安心。也讓修車師傅的地位不亞於警察和醫生，成為鎮上值得尊敬的重要存在。

由廠長高皮條、修車師傅葉小花、北村涼平三人營運的修車廠，可説是陪伴著每個鎮民新手上路，直到落地生根。然而隨著鎮民們整體駕駛技術的提升，三寶日漸減少，修車廠終於不如從前繁忙，可以有輪休制度，讓員工可以兼顧工作與家庭生活。除此之外，也開啟修車包製作、外觀塗裝、喇叭音效修改等客製化服務，維持日常客源。

目前廠長暫時離開自由新鎮，到外地進行獵人頭業務，而將修車廠交給小花和北村打理，人手吃緊下，李子瑄也漸漸會來幫忙。小花和北村在跑單之餘，也常利用車廠的現成材料，持續精進自己的手藝。

醫院

位於新鎮市中心的新鎮醫院，目前因為院長出國、護士離職，鎮上僅仰賴柯博文醫師一人進行工作。考量醫院人力不足，除非必須仰賴醫院設備辦理的大型手術，柯醫師將業務集中，轉型以行動醫療服務為主的行動醫生，在警方的支持與協助下，為自由新鎮打造完善又安心的居家醫療系統。

墓園

隱身於鎮上一隅看似公園的清幽角落。目前只有芯瑩、妘芮、廠長、北村知道，夜店前任店長阿狗已經長眠於此地。來訪的他們會在此放下食物和鮮花，並為他點上一根菸，聊起最近現況，好像他們從前在店裡那樣。

其餘景點

天文台、大麻採集場、海邊

自由新鎮1.5 舞台劇

戀愛之神與祂的背叛者們

◆

本劇為《自由新鎮RP》延伸之原創舞台劇，世界觀與主要人物皆為實況主們創作而成，因應舞台劇形式略有調整。此次劇本出版以首演版內容為主，劇本文字與舞台實際呈現略有不同，依編導雙方共同討論共識進行調整。

序場

（燈亮，修車廠長高皮條出現在舞台的一角，獨自抽著菸。）

（在接下來的段落中，廠長的燈區會獨立於陸續出現的空間之外。）

廠長：自由新鎮是一個什麼樣的地方？這裡，不是任何一個人的故鄉，所有人都是外來者，每個人都是孤獨的。沒有人在意你的過去，你可以讓自己重新開始。我是新鎮修車廠的廠長高皮條。我離開自由新鎮時，把修車廠交給了小花和北村。有李子瑄幫忙小花打理，應該挺讓人放心的。

（葉小花和李子瑄的家中客廳，子瑄獨自坐在沙發上，翻閱著車廠帳冊。）

（小花夜歸，看見子瑄等候著她，心頭一暖。）

小花：子瑄，我回來了！

子瑄：歡迎回來。

小花：妳在幹什麼啊？

子瑄：昨天妳吵著看動畫啊，喏。

小花：妳幫我開好了，太好了吧！

子瑄：妳最近怎麼那麼晚回來？

小花：最近就……工作比較忙啊……（怕說溜嘴，決定開溜）呃，……我剛工作完黏黏的，我先去洗澡好了！

子瑄：要不要幫妳按摩？（伸手）

小花：按摩？（有些心動，但還是忍住）不用好了，下次下次。晚安。

子瑄：晚安。

（小花急忙衝進浴室，留下錯愕的子瑄。）

子瑄：奇怪，葉小花這傢伙最近每天七晚八晚才回來，說要加班嘛，也沒多進帳啊，還是她……？

（花瑄家燈區暗。）

廠長：我想北村應該也還是一樣，沒事就往酒吧跑，為的是他心愛的王芯瑩。

（新鎮酒吧，店長王芯瑩在吧檯裡工作，北村涼平坐在吧檯外，直盯著她。）

芯瑩：……（受不了）北村！可以請你不要一直看著我嗎？

北村：沒關係，我不介意，妳忙妳的。

芯瑩：可是我介意——

（酒吧燈區暗。）

廠長：在阿狗店長死後，酒吧交給芯瑩和 Terry 在照顧，但生意不好，開始了一些副業。

（新鎮街頭，酒吧員工 Terry 和警察局長妘芮在改裝的腳踏餐車兩側對峙。兩人大喝一聲，擲下骰子。）

妘芮：可憐喔，經濟不景氣，連酒吧員工都要出來賣香腸喔……

Terry：不是啦，這叫多角化經營。（遞）你看，我最近還開了一個網路電台，大家都說我很會講話，幫我開了一個節目，來抖內（註1）我吧。

妘芮：（沒在聽）我贏了，給我十根香腸。

Terry：什麼時候的事？

妘芮：……咦，有殺氣！

昱葳：喝！

（昱葳不知何時出現在妘芮身後，怒氣沖沖地拿著球棒（註2）朝妘芮揮下，卻被妘芮機警躲開，揮空的球棒，重重擊向地面，發出巨響。跟著到場的小吉阻擋不及，不知所措。）

妘芮：昱葳同仁，有話好說嘛……

昱葳：哪有警察局局長在路上賭香腸的，這樣要警局同仁把臉往哪裡擺呀！

（昱葳揮著球棒，繞著攤位繼續追打妘芮，小吉和 Terry 試圖阻止，卻也不知如何介入。）

妘芮：襲警啊！襲警啊——小吉，阻止她！局長命令你，阻止她——

小吉：好啦……

（小吉奪過球棒，沒想到昱葳立即掏槍，繼續追著局長跑。三人叫嚷著，你追我跑的離去。）

（Terry 留在原地，海嘯（註3）。）

（街頭燈區暗。）

廠長：警察局長妘芮依舊單身，下屬昱葳、小吉打得火熱，而糰子和醫院的小柯醫師也依舊穩定的交往中。

（另一街頭燈區亮，柯博文倒臥在地上，身體卻不斷彈跳（註4）。）

（小森糰子在一旁慌忙的呼救著。）

糰子：啊啊啊——救命啊！小柯被車撞死啦！誰來救救他啊！快叫醫生！啊——小柯就是唯一的醫生啊。

林甜甜：沒關係，我回來了（註5）。

（熊奇奇和林甜甜突然現身，走向小柯和糰子。林甜甜蹲下身，開始對小柯進行施救。）

糰子：（驚喜）院長！妳什麼時候……？

熊奇奇：代理院長，你也太粗心了吧？要是你掛了，新鎮其他人該怎麼辦——

林甜甜：（對小柯）康復之後，交五萬字報告給我。（繼續對地板進行心臟按壓（註6））

小柯：（驚慌）啊？

廠長：原本在國外雙宿雙飛的林甜甜院長和記者熊奇奇，這時候也回到了鎮上。

（街頭燈區暗，場上獨留廠長獨白。）

廠長：我們在這裡，彼此連結，尋找生存的意義，也尋找用生命守護的對象。我之所以離開自由新鎮，就是為了保護鎮上的這群人，就算賭上生命，我也必須消滅危害自由新鎮的邪惡力量。

（氣氛轉為緊張詭譎，伏擊的黑衣人現身，將廠長包圍。）

廠長：如果你們想對自由新鎮出手，我是絕對不會放過你們的。

（廠長與黑衣人展開激烈打鬥。最後，黑衣人陸續倒臥於血泊之中。廠長抓起最後奄奄一息的那一個，毫不留情的劃破了他的喉嚨，燈光暗去。）

廠長：幹破你娘咧！

（投影幕上出現劇名：《自由新鎮1.5——戀愛之神與祂的背叛者們》。）

（場景轉換。）

註1：抖內，譯自「donate」，又音譯為「斗內」。原意為捐獻、贊助。指網路直播文化中，觀眾對直播主、實況主等表演者的贊助打賞。

註2：球棒，自由新鎮RP中除槍械外最常出現之隨身武器。

註3：海嘯，RP特殊用語，用來表示角色在遊戲操作中遭遇當機或斷線，打斷了RP的扮演。當角色「海嘯」時，可能有原地不動、奔跑離去，甚至出現NPC分身（分靈體）等情形。除了觀眾間的溝通理解，有時角色間也會以自己「剛才被海嘯沖走了」來圓過。

註4：彈跳，RP梗。當角色嚴重受傷，需要進行醫治時，視窗除了會顯示醫治時限的倒數讀秒，在倒數間該角色還會一再重複頹然倒地、彈起站立，又頹然倒地的動作，直到完成救治。在彈跳過程中再撞到東西甚至滾下山，讓傷勢加劇，也是發生過的情形。

註5：在自由新鎮第一季的結局，院長林甜甜和熊奇奇出國、摩菲死亡、希可出國、大門待產，醫院只剩小柯一人。

註6：對地急救，RP梗。醫療人員執行施救動作時，因為遊戲角色操作限制，畫面上的人物動作通常不會真的對準施救部位進行接觸，而是在身側停下位置直接執行，視覺上就會有對地面急救、穿過身體等可能。

第一場 日常

（夜間的酒吧，人聲鼎沸，氣氛熱鬧。院長照舊在吧檯前和北村、芯瑩閒聊，熊奇奇則和警局眾人在沙發區談笑。）

（子瑄進來的時候，對於這樣的場面感到有些意外。）

子瑄：嗨，芯瑩。

芯瑩：子瑄，妳也來啦。

子瑄：我聽說酒吧最近生意不太好。

芯瑩：對呀，今晚真的好難得喔。妳看看誰回來了——

子瑄：（看到熊奇奇）熊奇奇！

熊奇奇：子瑄——我好想妳！

子瑄：院長呢？

熊奇奇：ㄟ，登愣！（指向院長）

子瑄：院長！妳們怎麼突然回來？都不先說一聲的。

林甜甜：給大家一個驚喜呀。

子瑄：熊奇奇，妳拿著手機一直在錄什麼啦？

熊奇奇：唉呀，那不重要啦。

（小花走進，眾人瘋狂打暗號，小花這才看到子瑄，匆忙躲到一旁。）

熊奇奇：對了，子瑄，我跟妳說，我帶了禮物給妳。

子瑄：什麼？

熊奇奇：這邊不方便，妳跟我到後面吧，來！

子瑄：現在？

熊奇奇：對啊，走啦！走啦！

（熊奇奇拖著子瑄往後方包廂走。眾人確認子瑄已經被熊奇奇帶離，被大家幫忙掩護到一旁的小花這才鬆了口氣。）

北村：（對著小花）小心一點啦！

林甜甜：小花，妳已經決定好了嗎？

小花：嗯，就是今天了。

林甜甜：真的不後悔嗎？

小花：再拖下去，也沒什麼意義，不如今天就作個了結吧。

芯瑩：小花……

（另一頭的沙發區，小吉端著兩杯酒，走向昱葳。）

小吉：昱葳，來——這個給妳喝。

昱葳：就跟你說我不要喝了。

小吉：怎麼了，妳心情不好嗎？我在網路上看到一個笑話我講給大家聽：有個孕婦搭公車，發現沒有座位，就跟坐在位子上的男生說：「你沒有發現我懷孕了嗎？」男生嚇了一跳，很緊張的說：「孩子不是我的！」哈哈哈哈哈……

（昱葳沉默。警局組的大家更是一頭霧水。）

糰子：聽不懂欸？

小吉：葳，怎麼了，以前妳明明都會覺得很好笑。

昱葳：我今天不想笑啦。

妘芮：（湊上前，搭住兩人）兩位同仁，吉、葳（註8），吵架了嗎？不要這樣嘛，和好，OK？

（昱葳轉頭瞪妘芮，突然作嘔。眾人大驚。）

妘芮：幹嘛幹嘛？我的臉有那麼難看嗎？

小吉：昱葳，妳還好吧。

昱葳：別跟著我啦，我要去廁所。

糰子：（對小吉示意）學長，我去就好了。

（昱葳快步離席，糰子匆匆跟去。小吉錯愕不解，妘芮從小吉手上接過一杯酒，拍拍他的肩。）

妘芮：吼呦，小吉警官，談戀愛很辛苦吶……

小吉：難道是我做錯了什麼嗎？

妘芮：真希望我能幫你分攤這種辛苦……

小吉：啊？

妘芮：來，乾杯！

（小吉和妘芮一飲而盡。）

◇◆◇

（熊奇奇拉著子瑄走出，只見子瑄一身華麗的公主裝，不知所措。）

子瑄：熊奇奇，我穿成這樣，會不會太誇張啦？

熊奇奇：不會啦，很適合妳呀（註9）！

（酒吧突然燈暗，只剩下緊急照明的幽暗光線。）

子瑄：怎麼了？停電了嗎？

（突然一盞探照燈照在子瑄身上，光線刺得她睜不開眼。）

Terry：各位現場嘉賓朋友，我是今晚的 DJ Terry，葉小花點播了一首歌要送給一位她最重要的人。

（在夢幻的樂曲和燈光照射中，李子瑄漸漸看清，葉小花不知何時已站在她眼前，溫柔卻堅定地凝視著她。）

小花：子瑄，妳記得我跟妳說過，我很嚮往迪士尼的公主，但現實中，我只是個修車工，妳也只是個計程車司機。但是，我想跟妳說，妳值得成為妳內心中自己想要成為的樣子。在我的眼中，妳就是一位公主。

子瑄：葉小花——

小花：這是我自己做的戒指——李子瑄，請問妳願意跟我結婚嗎？

（小花掏出戒指，眾人不禁歡呼出聲。但又被身旁的人拉著，一起屏息以待。）

子瑄：……妳整天消失、修車廠少了那麼多材料，就是為了做這個？

小花：呃，對，我重做了很多很多次。

北村：真的，整個鎮上的車都不能修了……

（北村也被芯瑩拉著，住了口。）

子瑄：傻瓜，那妳為什麼不乾脆做一台車算了！

小花：我有想過做一台車，但我覺得妳的手指可能戴不下——

子瑄：可以的。不管妳做什麼，我都會好好戴著的。

小花：（驚喜）所以——妳願意跟我結婚嗎？

子瑄：我當然願意！

（子瑄和小花擁抱，眾人歡呼。）

妘芮：來——讓我們大家舉杯，敬這對幸福的新人吧！乾杯！

眾人：乾杯！

（歡樂的氣氛洋溢在每個角落。小花牽著子瑄往沙發區移動，眾人向她們倆敬酒、聊天，隨著音樂談笑著。）

（芯瑩在吧台裡收拾著，表情像是也感染了開心。北村靠在吧台上陪著，仍然直盯著她。）

芯瑩：你看她們這樣，真是太好了——你幹嘛一直盯著我啊？

北村：因為，陪在妳身邊就是我的工作。
芯瑩：（拿起球棒（註10））想被揍嗎——
北村：好嘛好嘛，我開玩笑的，妳先把球棒收起來。其實，我昨天做了個惡夢。
芯瑩：所以——
北村：我夢到妳發生車禍，然後就、然後就（註11）——啊啊啊，太可怕了！
芯瑩：（笑）誇張。
北村：阿狗老闆不在了，如果妳又出了什麼事——這間店該怎麼辦？
芯瑩：說什麼啦！我會好好把這裡經營下去的。
北村：唉，時間過得好快……好多人都離開了。
芯瑩：不會呀，你就還在啊——這樣很好。

（兩人相視而笑。）

（另一邊，熊奇奇繼續錄影，要糰子對鏡頭說下祝福的話。甜甜院長在旁陪著。）

熊奇奇：糰子，妳有什麼祝福的話想跟子瑄和小花說的嗎？
糰子：我祝福她們永遠快快樂樂，幸福美滿，百年好合！
熊奇奇：百合百合，這個很好！
糰子：院長、熊奇奇，妳們這次是專程回來參加小花求婚的嗎？
林甜甜：嗯，同時也想說可以讓小柯醫師安心準備出國的事。
糰子：小柯？他要出國？

熊奇奇：他呀，之前申請了要去一間美國高等醫療機構工作，等了好幾年終於有機會了。恭喜恭喜——

林甜甜：他……什麼都沒跟妳提嗎？

糰子：他——

熊奇奇：（轉移話題，喊）啊啊，差點忘記拍照了，大家拍照、拍照——

（這時小柯端著酒走來。糰子將他拉到一邊。）

糰子：你為什麼都沒告訴我要去美國的事！

小柯：妳都知道了？（看了甜奇兩人一眼）我想說反正都決定不去了，好像也就不用跟妳說了。

糰子：為什麼不去？那不是你的夢想嗎？

小柯：哎呦，反正很多原因啦。

糰子：什麼原因？你說出來我們可以討論啊？

小柯：就沒什麼啦，反正我就已經決定了，這件事可以不用再糾結了吧？

糰子：難道你不去是因為我嗎？

小柯：……總之，我覺得現在這樣很好，我不想讓妳煩惱。

糰子：你每次都這樣，什麼都不說，你覺得這樣我就會開心嗎？

小柯：糰子……

糰子：我要走了，再見！

（熊奇奇連忙拉住糰子。）

熊奇奇：等一下啦。今天難得大家都在，一起拍張合照（註12）——拜託。

（眾人連忙圍上，試圖緩和氣氛。糰子勉為其難地掛上笑容，和大家排列，準備拍照。熊奇奇架好腳架。）

熊奇奇：來來來，Center（註13）在這邊，大家對一下！好，繪師（註14）預備——

小吉：喂，妳在跟誰講話啊？

熊奇奇：他們聽得懂啦（註15）。來大家預備，五——

眾人：四、三、二、一——

（這時突然有個傷痕累累的女子，跌跌撞撞闖進店裡，所有人驚訝地看著她。）

欣欣：請問，這裡就是阿狗的店嗎？我哥……我哥他人在哪裡？

（欣欣話才剛說完，不支倒地。眾人驚叫。）

（燈暗。）

註8：警局組除學長姐的互稱，彼此之間會以單名稱呼彼此，以示感情之親密。
註9：正式演出時，熊奇奇多半會在此即興發揮更多語句安撫子瑄。
註10：對酒吧店長來說，常需處理有人鬧事的防身球棒必備，不過對芯北來說，卻另有專屬兩人的意義。
註11：詳情請見自由新鎮第二季，北村的故事設定。
註12：自由新鎮居民走訪各地必備的活動環節。
註13：Center，劇場術語，意指中心、中間。劇場演出中，會在舞台上以馬克膠帶或是螢光膠帶做記號，定位出舞台的中心點、邊緣、大小道位置、特殊站位等，幫助表演者與技術人員辨別確切定位。通常「center」是指舞台橫面的視覺中心，「center center」則是縱橫交點的舞台正中心。
註14：繪師，對繪者的敬稱。新鎮出遊合照或是各種場景、重大時刻，常有網友繪製成圖並公開分享，因此到中後期，越來越常有實況主或是聊天室網友直接對繪師喊話許願而繪師響應的互動。
註15：他們，此處意指正在觀劇的台下觀眾。劇場演出中，「第四面牆」指的是台上和台下觀眾中虛實的界線。而本劇中，熊奇奇的角色，將時常有此「打破第四面牆」模糊虛實的屬性。

第二場　欣欣

（黑暗中，一道光束照亮 Terry。）

Terry：各位聽眾晚安，這裡是 FM9498「就是酒吧」電台，我是電台 DJ Terry，自由新鎮這週又是和平的一個禮拜，不知道大家是否也過得平安順利呢？接下來是我們的心情點播單元，第一位來電的聽眾朋友柯——啊，是「木可」醫師，請說——

小柯：糰子，我不是故意要騙妳，我只是覺得有些事情不要說出來，對我們會比較好。

Terry：謝謝木可醫師的分享，他點播玖壹壹 feat.Under Lover 的〈癡情男子漢〉獻給她心愛的糰子，希望能用九百九十九朵玫瑰花得到妳的原諒——但這首歌因為我們沒有版權，所以跳過。接下來讓我們接聽下一位聽眾「吉牠仙」，嗯，這名字是誰呀？

小吉：昱葳，對不起，我上次講了一個很爛的冷笑話（註16）害妳生氣了。我這次補講一個，希望妳會喜歡：有一天小明問爸爸，什麼動物最容易懷孕？爸爸回答說是刺蝟，小明問為什麼？爸爸說因為背（被）上很多刺——呵呵，好笑吧。

Terry：呃，謝謝吉牠仙的分享，他點播的歌曲是 G5SH 的〈你是不是在生氣 04849#7〉，但由於同樣的原因我們決定跳過。最後我點播一首歌送給兩位，請欣賞蔡依林的——〈你也有今天〉。

（燈光轉換。）

◇◆◇

（時間稍晚，酒吧客人已散去，只剩下北村、芯瑩照顧躺在沙發上的欣欣。）

（妘芮獨自坐在吧台前，對著貓喝悶酒。）

芯瑩：她怎麼還沒醒啊？該不會傷到哪裡了吧。

北村：小柯已經幫她檢查過了，應該不會有什麼事，她只是還有點虛弱。（頓）芯瑩哪，妳覺得她……真的是阿狗的妹妹嗎？

芯瑩：如果是就太好了。

北村：那阿狗的事，妳想怎麼跟她說？

芯瑩：就跟她說實話吧。

北村：但是我覺得這件事不用急，我們應該要先確認她的身份才可以。

芯瑩：可是她扮成店長的妹妹有什麼好處嗎？得到這間店嗎？

北村：我不是這個意思，可是自由新鎮最近好不容易才恢復和平，現在來了一個來路不明的女人，無論如何，我們必須小心一點。

芯瑩：我知道啦……但是我希望她就是阿狗的妹妹。

（欣欣悠悠轉醒，茫然地看著四周。）

芯瑩：妳醒了嗎，還好嗎？幫她倒一杯水過來！

北村：喔好。

芯瑩：妳不要緊張，這裡是酒吧，妳還好嗎？我們不是壞人，妳不要害怕。

（芯瑩遞給欣欣一杯水。）

芯瑩：先喝杯水吧！

欣欣：我……昏倒了嗎？

芯瑩：是的，妳一進來酒吧就昏倒了，醫生說妳要多休息。

欣欣：啊，我哥……阿狗呢？

芯瑩：阿狗，他——

北村：（搶話）阿狗他離開自由新鎮了。

欣欣：我哥，他不在了？怎麼會……

芯瑩：先坐下來再說吧，妳全身是傷，到底發生了什麼事？

欣欣：我從小和哥哥分開，被人蛇集團賣到了……紅燈區。

（北村看向芯瑩，芯瑩不語。）

欣欣：我被黑道用毒品控制，每天接待好多好多客人……有天我聽到客人說，自由新鎮有個酒吧老闆叫做阿狗，說是要報仇，殺了人蛇集團的老大，我就決定要逃跑，好不容易才逃了出來。

芯瑩：是他們把妳傷成這樣的？

欣欣：不，這些傷是我自己弄的！——逃出來之後，我好幾次毒癮犯了，忍不住就會想要回頭去找他們，這時候我只能拿刀子劃我自己的手和腳，所以我就只好……

（芯瑩於心不忍，抱住了欣欣。）

芯瑩：妳以後絕對不要再這樣傷害妳自己了！

欣欣：……

芯瑩：我是代理店長王芯瑩，請問妳叫什麼名字？

欣欣：我叫欣欣。

妘芮：妳，真的是阿狗的妹妹嗎？

北村：局長！

妘芮：怎樣，你明明也在懷疑不是嗎？

北村：對，但是我覺得……

妘芮：欣欣啊，我不是故意要懷疑妳，只是喔，我身為警察局局長，對於可疑的外來人口，態度必須小心一點，我講話很直接啦，不要介意喔。

欣欣：我懂……我沒有什麼證據……我從小就跟哥哥分開，我連他現在長什麼樣子我都說不出來……我唯一擁有的，就只有小時候哥哥送給我，這條用迴紋針做成的手鍊。

芯瑩：手鍊？

妘芮：這種東西誰都可以做，並不能代表什麼。

芯瑩：啊、啊——

北村：芯瑩，妳怎麼了？

（芯瑩奔到櫃臺，拿出了一個鐵盒子。）

芯瑩：阿狗離開後，我整理他留下來的東西，發現了這個盒子。裡面有這個——

（芯瑩從盒裡拿出一條迴紋針串成的手鍊。）

北村：跟她的一樣！

欣欣：（哽咽）這是我小時候做給哥的……他竟然還留著……
芯瑩：我還以為他有囤物症咧。
欣欣：所以我哥去哪裡了啊？
妘芮：欣欣，其實妳哥哥——
北村：局長！
妘芮：其實你哥哥他不會回來了（註17）！
（欣欣錯愕，芯瑩和北村一時都不知該如何是好。）
欣欣：不會回來是什麼意思啊？怎麼了？為什麼不繼續說？你說啊！
（欣欣情緒激動，衝向妘芮，卻一時虛弱，跌倒在妘芮懷裡。）
（妘芮睜大了眼，慌忙將欣欣交給上前來關心的芯瑩，結巴改口。）
妘芮：我我我的意思是說，他不會那麼快回來啦。他出差了！
芯瑩：欣欣，妳接下來打算怎麼辦？
欣欣：我不知道……我沒有其他地方可以去了……店長，請問，我可以暫時留在這裡嗎？
芯瑩：啊？
北村：啊？
妘芮：Yes……（眾人看著他）也是可以……
欣欣：我什麼都可以做，我不想再跑遠了，我不要哥哥回來的時候，我們卻又錯過了。
北村：可是，如果妳繼續待在這邊的話，黑道會不會因此跑來這裡找人——

妘芮：不要擔心喔，有什麼麻煩事就交給我！妳就安心留下來吧！呵呵……

北村：局長！你也變太快了吧。

芯瑩：欣欣，妳放心吧，妳可以先跟我們住，也可以在這裡幫忙店裡工作。

（欣欣突然九十度鞠躬，芯瑩連忙將她扶起。）

欣欣：謝謝……謝謝你們……

芯瑩：不用客氣啦。反正店裡收得差不多了，來，先跟我們回家，好好洗個澡休息吧。

北村：芯瑩，那我今天要睡哪裡？

芯瑩：睡沙發啊！

北村：喔……

（芯瑩攙扶著欣欣離去。北村正要跟上，卻發現妘芮依舊坐著。）

北村：局長，你還不走嗎？

妘芮：我再坐一下。

北村：喔，那燈留給你，離開的時候記得鎖門囉。

妘芮：嗯，你們去吧。

（北村環顧確認最後一眼，也隨著兩人離去，留下妘芮對著貓獨酌，心神蕩漾。）

妘芮：……回家……洗個澡……好好休息……呵呵。

（貓跳下櫃臺消失。）

妘芮：幹嘛，你以前不是這樣的，現在連貓也瞧不起我呀。唉，我命中注定的那個人，到底什麼時候才會出現呀。

（光線突然轉為非寫實，將妘芮籠罩。）

謎之音：……你渴望愛嗎？

妘芮：誰？——沒有人呀？——我也太醉了吧？

謎之音：……得不到想要的愛，讓你覺得痛苦嗎？

妘芮：你在胡說什麼？我只是命中注定的那個人還沒有出現罷了。

謎之音：愛，就是痛苦，失去愛會寂寞，擁有愛卻又害怕失去，不是嗎？

妘芮：那我該怎麼辦？

謎之音：活在愛中，你就可以免於恐懼，得到超乎你想像的力量！

妘芮：那我……那我該怎麼做？

（一本書「啪！」地憑空掉落，妘芮拿起。）

妘芮：《真愛寶典》？

謎之音：活在愛裡……免於恐懼……

（燈光恢復，妘芮疑惑地看著周圍。）

妘芮：媽的，我也太醉了吧！

（妘芮邊喝酒，邊翻開《真愛寶典》。）

（燈光漸暗。）

註16：正式演出時，小吉此處每場都可以說出不同的冷笑話。
註17：在第一季中，在阿狗的要求下，由妘芮開槍殺死了阿狗。

POLICE
POLICE

第三場　真愛!?

（警局，昱葳在櫃臺值勤，小花和子瑄甜蜜地走進。）

昱葳：妳們怎麼來了？

子瑄：沒有啦，想說親手拿喜帖給你們大家。

昱葳：啊，好可愛呦，自己做的耶！

（妘芮手拿公文封進場。）

妘芮：幹什麼、幹什麼——女生女生手牽在一起，太閃啦，給我抓起來！

子瑄：請局長一定要來參加我們的婚禮。

（子瑄將一張喜帖遞給妘芮。）

小花：日期已經定了，記得留下來喔。

妘芮：沒問題，我們警局當天可以公休，讓大家都去吃喜酒！

昱葳：局長！

（昱葳拿出球棒，重重放在桌面。）

妘芮：最近很閒嘛，有什麼關係……

昱葳：不可以！

子瑄：哎呦，不要吵架啦。（遞喜帖）昱葳，這是小吉的，請妳幫我拿給他。

昱葳：……妳們自己拿給他啦。

小花：怎麼了？你們吵架囉？

昱葳：沒有啦，就只是最近覺得……覺得……

子瑄：怎麼了嗎？

昱葳：（搖頭）我最近在想說我們在一起，真的會有未來嗎？

子瑄：不會嗎？可是小吉看起來那麼喜歡妳欸。

昱葳：可是他一點表示都沒有，每次都要等我說什麼，然後他才，好呀，我們去做——

小花：我覺得那些臭直男就是比較遲鈍吧。

妘芮：對呀，男人真的很糟糕耶——

昱葳：芮！我們女生聊這個話題，你加入也太怪了吧！

妘芮：我關心下屬的感情生活，哪裡奇怪了？

大家：很奇怪！

昱葳：芮，你走開啦，不要偷聽。

妘芮：好啦，妳們聊，我先到裡面處理點事情，反正牆壁很……薄。

（見昱葳掏槍，妘芮連忙結束碎念，快步離開。）

子瑄：好了，昱葳妳快說，妳到底怎麼了？

小花：是啊，那天在酒吧看到妳，就覺得妳怪怪的。

昱葳：好了……我……就是……（小聲）我那個已經兩個月沒來了。

子瑄、小花：什麼！

妘芮：（又亂入）什麼？什麼？什麼？我剛才沒聽到——

（昱葳朝妘芮開了一槍，精準的射掉了妘芮的帽子，妘芮沉默，轉身逃離。）

子瑄：昱葳，妳有做驗孕了嗎？

昱葳：沒有……我不敢啦……

子瑄：這是件大事耶，小吉怎麼說？

昱葳：我還不確定……要不要跟他說……

小花：為什麼？

昱葳：如果我們的感情還沒到那個階段呢？如果他沒有想要小孩呢？那我該怎麼辦？

（靜默。）

子瑄：……不管怎樣，找個機會，你們好好談一談吧。

昱葳：嗯……

小花：別擔心，我對妳和小吉都很有信心，妳要相信他。

（這時，一陣笑聲傳來，只見小吉和糰子兩人手牽著手，有說有笑，相互依偎地走進。）

糰子：親愛的，你真的好好笑喔。

小吉：哪有，妳才好笑。

糰子：你才好笑。

小吉：妳最好笑——

（小吉和糰子兩人最後笑成一團，所有人都看傻了眼。）

糰子：喔嗨唷，大家好，今天天氣真好呢！

小吉：就是說內～連空氣中都充滿了愛的味道——

糰子：呀搭～討厭啦，親愛的，那明明就是你的味道。

小吉：哪有？是妳的味道——

糰子：是你的味道——

小花：夠了！你們是在噁心幾點的啊？

子瑄：小吉、糰子，你們這是在做什麼？

糰子：（對小吉）討厭啦，你幹嘛那麼肉麻，閃到別人了吧！

小吉：有什麼關係？就讓她們被閃瞎吧！有愛，不是就要大聲說出來嗎？

糰子：噢，親愛的——

（小吉和糰子再次噁心地黏在一起。）

（妘芮這時走進，目睹了兩人的你儂我儂。）

妘芮：小吉、Danko？你們怪怪的喔……該不會是冒牌貨吧？

糰子：局長，討厭啦，你在說什麼啦！

小吉：對呀，你只是嫉妒我們感情好吧？

妘芮：說什麼鬼話，我才不相信你們咧，來，我們警局的暗號——時よ止まれ（註18）！

小吉、糰子：（對看一眼，齊聲）ザワールド（註19）！

妘芮：嗯，很好，那這樣就沒問題了。

小花：搞什麼啊？問題可大了！

（小柯拿著手機，匆忙走進。）

小柯：妘芮你找我什麼事——（看見依偎著的糰子和小吉）啊啊，你們、你們——

妘芮：就說是緊急事件了吧！

小柯：你們、你們兩個別開玩笑了，小吉、糰子，你們、你們——

昱葳：夠了！

糰子：學姐？

小柯：你們是認真的嗎？

小吉：吼呦，你們幹嘛臉那麼臭呀！

昱葳：你們是認真的嗎？

小吉：我們當然是認真的呀！

子瑄：你們在開始交往前，是不是忘了一件更重要的事……

小吉：有嗎？沒有什麼事情，比和「子」在一起更重要的了。

糰子：親愛的，你又在肉麻了——

小吉：不，我只是，有愛，就要大聲說出來。

妘芮：說得好！有愛，就要大聲說！

小花：喂！你到底是站在哪一邊的！

妘芮：啊，他這句話說得又沒錯——

昱葳：夠了、夠了……我不要再聽了……

（昱葳哭著跑走，子瑄連忙追上，小花瞪了小吉和糰子一眼後，也跟著離開。）

（警局裡一片靜默。）

糰子：呃，氣氛好像有點尷尬，親愛的，我們離開這裡好不好？

小吉：好哇，我們出去約會——不是啦，我們出去巡邏囉！掰噗！

（小吉和糰子甜蜜蜜地離開了警局。）

（妘芮拍了拍失魂落魄的小柯。）

妘芮：啊年輕人嘛，情慾流動也是很自然的。

小柯：糰子……

妘芮：唉，別想太多了——走！我請你好好喝一杯。

（妘芮搭著小柯的肩離去。）

（妘芮和小柯離場時，場景開始轉換，變成酒吧。）

◇◆◇

（欣欣拿著麥克風演唱，酒吧裡的客人們都被她的歌聲吸引了，專心聆聽著。）

欣欣：浮世的紅塵讓你疲憊

看不見世界的美
讓我用一杯 Margarita
融化你世俗的罪
長島的瑪莉不再血腥
到曼哈頓聽湯尼彈琴
徜徉在性慾的海灘 飛行
與教父吹著 Sea Breeze
靠近 抽離
想品嘗酒也品嘗你
放縱 身體
要比 Martini 更 Dirty
穿梭在只有我的夜 live to be free
N'allez pas travailler Oui, C'est la vie（註20）

（另一頭，昱葳抱著球棒，醉倒在吧台上。）

（欣欣演唱結束，眾人報以熱烈的掌聲，欣欣害羞地向眾人致意。）

欣欣：謝謝，謝謝大家——

（欣欣走回吧臺，套上圍裙開始幫忙工作。）

（店裡播起 Elvis Presley 的〈Can't Help Falling in Love〉。）

芯瑩：昱葳，妳還好嗎？要不要喝點牛奶解解酒？

昱葳：我不需要那種東西……我只要小吉……下地獄！（憤怒站起）

芯瑩：妳冷靜一點，先坐下來再喝一點啦。

（昱葳啜泣坐下。）

芯瑩：自從欣欣來了之後，店裡的生意就變好了耶！

欣欣：沒有那麼誇張啦……

芯瑩：幹嘛害羞，大家是真的都很喜歡妳。

欣欣：越說越誇張了啦，Terry，你說對不對？

Terry：（看著欣欣）真是讓人不喜歡也難呀！——（乾咳一聲）我是說歌，別誤會喔！

欣欣：啊，我喜歡這首歌。

Terry：真的嗎？這是剛才不知道誰放紙條到我口袋，說要點這首——（想繼續說）

芯瑩：（打斷）Terry，這些請幫我送到第三桌好嗎？謝謝。

Terry：好。

芯瑩：有妳在，店裡的氣氛就不一樣，讓我想起阿狗店長還在的時候……

欣欣：齁，哥哥又不是不會回來了，幹嘛那麼難過的樣子。

芯瑩：（苦笑）嗯，但有妳在真是太好了。

（Terry 送餐。熊奇奇、林甜甜和北村同坐一桌聊天。）

熊奇奇：……真的假的，小吉和糰子是認真的嗎？
北村：唉，我一開始也以為他們只是喝ㄎㄧㄤ、玩玩而已，但我找糰子私下聊過了，她是真的愛上小吉了。
林甜甜：小柯狀況也不太好，這幾天醫院也都請假。
熊奇奇：天呀，他該不會想不開吧。
熊奇奇：應該是不至於啦，我這幾天有空就會去找他，妘芮也是。
北村：昱葳也很沮喪，芯瑩這幾天都在陪她。她都超晚才回家的耶。
林甜甜：無論如何，心裡的傷，需要很長時間才會好吧。
熊奇奇：响，大家真的很亂來耶！
Terry：唉，愛情呀，真叫人難以捉摸……
熊奇奇：Terry～你……煞到欣欣了嗎？
Terry：亂七八糟，才沒有這回事！
熊奇奇：別小看我記者的專業，你剛才說那些話的時候眼睛根本就是看著欣欣的。
Terry：我只是在欣賞她的……馬尾。
熊奇奇：喔？純欣賞嗎？
Terry：不然咧。
熊奇奇：那些招牌掛「純」什麼的店，通常都是做黑的。
北村：哈哈哈——
Terry：我才不是那種的——我承認我有一點點動心，但那不代表什麼。

熊奇奇：試看看嘛，沒試怎麼知道結果呢？

北村：熊奇奇，妳根本是等著看好戲嘛！

Terry：對呀，我才不會上當呢！

林甜甜：欣欣看起來真是個好女孩呢。

Terry：是啊……有那麼沉重的過去，為什麼還能笑得那麼燦爛呢？

熊奇奇：對呀，為什麼咧？

（小花氣沖沖地走進酒吧，來到熊奇奇桌前，一杯接一杯，把桌上的酒全喝乾。）

北村：小花？怎麼只有妳自己來，李子瑄呢？

小花：她在生氣。

林甜甜：怎麼會，妳又做了什麼。

小花：才不是我，是你們！

（大家面面相覷。）

北村：我們……怎麼了嗎？

小花：小吉和糰子在我們婚禮前搞這齣，難道不曉得婚禮座位重新安排有多麻煩嗎？氣死我了——

Terry：我想他們也不是故意的啦——

小花：我不管！我警告你們喔，正在準備婚禮的人內心是很脆弱的，你們要是還有誰敢在我們婚禮前亂搞，就給我試看看！

（這時，小吉和糰子，濃情蜜意地走進。）

小吉：阿囉哈，大家好，空泥吉哇！

昱葳：小吉！你……@#︿@&！

（昱葳拿起球棒衝上前要毆打小吉，眾人連忙阻止，場面亂成一團。）

糰子：大家冷靜一點，不要使用暴力嘛！

Terry：（以固定技壓制）昱葳，感情這種事情是沒辦法勉強的！

昱葳：小吉，你不是我的男朋友嗎？為什麼——

糰子：（誠懇地）學姐，不好意思，他現在是我的。

昱葳：啊啊啊——

糰子：好嘛，不然分妳一點點——

昱葳：啊啊啊啊啊——

（突然，一陣歌聲打破了這凝重的氣氛。只見妘芮和小柯親密地搭著肩，一邊歡唱軍歌走進。）

芯瑩：局長？小柯醫師？你們……

妘芮：嗨，王姑娘。大家都在啊？那太好了，我們有件很重要的事情，要跟大家報告。

（事情太過突然，眾人不由得都坐了下來。等待妘芮要說的話。）

妘芮：就是呢，尋尋覓覓了這麼多年，我才終於瞭解到以前學的古詩詞「驀然回首，那人卻在燈火闌珊處（註21）」的意境——

POLICE

林甜甜：妘芮局長，你撞到頭了嗎？
妘芮：好，很好，感謝各位朋友們的陪伴，我終於找到了自己命中注定的那個人。
小柯：（牽起妘芮的手）大家，我跟芮，決定在一起了！
眾人：什麼！
（眾人傻眼，昱葳手中的球棒掉落在地。）
妘芮：小柯，謝謝你讓我找到了真愛——
小柯：妘芮，謝謝你讓我找到了真愛——
妘芮：我，對你愛、愛、愛不完——
小柯：對你，我可以天天月月年年到永遠（註22）——
（兩人親密互動，眾人騷動。）
北村：什麼鬼呀？
昱葳：你們開玩笑的吧！
妘芮、**小柯**：（齊聲）不，我們是真愛！
小吉、**糰子**：（齊聲）對，他們是真愛——我們也是真愛。
（四個人同時雙手高舉向天，邊反覆吟唸邊轉圈。）
四人：我們是真愛，擁抱愛，享受愛，愛愛愛——
我們是真愛，擁抱愛，享受愛，愛愛愛——

（四人的吟誦形成一股莫名的詭異氣氛，讓其他人陷入焦慮不安。）

（燈光漸暗。）

註18：警局暗號，由動漫宅妘芮引用自《JoJo的奇幻冒險》。

註19：同前。

註20：本段歌詞由本劇導演暨酒吧店長阿狗飾演者蘇志翔（鳥屎）另行創作，全段收錄於此。作詞：蘇志翔，作曲：藝級玩家。

註21：出自南宋辛棄疾詞作〈青玉案．元夕〉。

註22：出自郭富城名曲〈對你愛不完〉歌詞。作詞：陳樂融，作曲：Ichiro Hada。

第四場　邪教

（修車廠裡，小花煩躁的拿著手機，傳起簡訊（註23）。）

小花：……事情的經過就是這樣，我們真的很擔心，是不是有什麼陰謀正在發生？

（小花將訊息送出，嘆了口氣。）

（舞台的另一邊亮起，廠長被綁在一張椅子上，遭受兩名黑衣人的毆打。一旁是個燒著熊熊烈火的汽油桶。）

小花：老大，你現在到底在哪裡呀？

（廠長的口袋傳出訊息聲，手機被黑衣人拿走，看起小花傳來的訊息。）

黑衣人B：陰謀？（黑衣人B回起訊息，並將字句唸出聲）「這不像陰謀，應該是你們想太多了。」……

廠長：給我還來！那是我新買的手機……

（黑衣人將訊息送出。對廠長又是一陣痛打。）

（小花這頭，手機訊息聲響起。小花驚喜看著廠長的回訊。）

小花：是老大！終於回了！（唸）「我現在過得很好，勿念。」蛤？……老大怎麼這樣？離開就不想管自由新鎮的事情了嗎？

（小花沮喪離去，修車廠光區燈暗。）

（廠長試圖掙扎要奪回手機，卻被黑衣人們用電擊棒制伏，黑衣人將廠長的手機丟進烈火之中。）

黑衣人A：實驗結果非常理想。

黑衣人B：計畫再一步就要完成了，很快的自由新鎮就是我們的了——

（黑衣人對話中，廠長起身伸了個懶腰，又假裝被綁，裝睡。）

（這時，天空響起了謎之音。）

謎之音：不要得意的太早，自由新鎮的人，沒有你們想像中的那麼簡單。

黑衣人B：是……

黑衣人A：那接下來我們該怎麼做？

謎之音：用真愛，真愛是這個世界上最強大的力量，擁抱愛，享受愛，愛愛愛——讓我們用這股愛的力量，把自由新鎮摧毀吧，哇哈哈哈——哇哈哈哈——

（在黑衣人與謎之音的笑聲中，燈光漸暗。）

◇◆◇

（黑暗中，傳來田馥甄〈LOVE？〉（註24）的旋律。）

我愛你　你愛她　她愛她　她愛他
你愛我　我愛他　他愛他　他愛她

（一道光照亮 Terry，他正跟著前面的音樂唱著。）

Terry：咦

怎麼這世界　已經沒有人相愛
怎麼這世界　每個人都不快樂
怎麼這世界　每個人都愛別人　不愛自己

各位聽眾晚安，這裡是FM9498「就是酒吧」電台，我是電台DJ Terry，自由新鎮這週可以說被捲入了愛的風暴，希望每個人都能在波濤洶湧的情慾之海中存活下來。接下來是我們的心情點播單元……看來今天沒有人有心情點播節目……

（簡訊聲響，Terry查看。）

Terry：有人點歌……點歌的人暱稱是「萬重山」？誰呀？總之讓我們來欣賞這首〈Hound Dog〉。

（〈Hound Dog〉音樂中，燈光轉換。）

◇◆◇

（修車廠裡，院長、熊奇奇、北村和昱葳討論著近日鎮上的怪事和北村的發現。）

林甜甜：（接過，唸）《真愛寶典》？你說在小柯家裡找到的？

北村：對啊。

林甜甜：我覺得這件事背後絕對大有問題。

熊奇奇：只是戀愛關係重新洗牌，有什麼大不了的，CP重組這樣比較有新鮮感呀。（發覺到院長冷

冷的視線）我開玩笑的啦！

林甜甜：好，就算是巧合，但他們口口聲聲在說什麼真愛、真愛的，未免也太奇怪了！

昱葳：他們該不會是中邪了吧？

北村：絕對是這樣！打死我都不相信妘芮和小柯會在一起——

熊奇奇：吼呦，你這個臭直男，他們在一起有什麼不好，很萌耶！搞不好一個單身太久，一個失戀打擊過大……

林甜甜：（翻閱）不，這是本傳教書，來自一個沒聽過的全新教派，名字是——「非常愛教」。

眾人：「非常愛教」？

昱葳：啥小呀！

林甜甜：不，他們應該是認真的，「非常愛教鼓勵大家免除恐懼，努力追求屬於自己的真愛。」

熊奇奇：所以他們是看了這個，所以就找到真愛了？

昱葳：哼！什麼狗屁真愛。

熊奇奇：喂，真愛很偉大好不好，不要自暴自棄。

林甜甜：重點是，他們真的是「真愛」嗎？

（頓。）

北村：我直覺也是，這個非常愛教背後並不單純。

熊奇奇：但這本書寫的內容看起來很正常呀！

林甜甜：在這麼短的時間，就能造成行為模式那麼大幅度的改變，不是光靠小小一本書就能辦到的，一定有搭配其他什麼心靈控制的手段。

昱葳：妳的意思是有人在搞鬼囉？

林甜甜：如果真的是有人搞鬼，那我們麻煩就大了。

昱葳：怎麼說？

林甜甜：那表示非常愛教用短短的時間，就已經掌握了自由新鎮警局局長和兩名警員，以及我們醫院的副院長。幕後黑手的目的絕對不會只是散播歡笑散播愛，他們對自由新鎮絕對有更大的企圖。

熊奇奇：還是我們直接去問局長他們？

林甜甜：這個情況非常危急，我們不確定「他們」是否還跟我們站在同一邊。

北村：不，我對妘芮、小柯他們有信心，我找時間跟他們談一談。

林甜甜：嗯，我們必須查出非常愛教是從哪裡來的？是誰最早開始傳教？

昱葳：那個人很有可能就是幕後黑手，麻煩你們一定要把他找出來。

北村：那妳呢？

昱葳：我負責殺了他！

熊奇奇：不可以！不要衝動！

昱葳：放心，我以警察的專業發誓，我會做得不留痕跡的。

林甜甜：昱葳——

北村：別衝動。非常愛教的目的是什麼？會不會做出什麼危險的事？我們現在都還不知道。

熊奇奇：對了，你們不覺得那個欣欣很可疑嗎？

北村：嗯？她怎麼了嗎？

熊奇奇：所有怪事的發生，都是從她來到自由新鎮後才開始的。

北村：她是阿狗的妹妹耶！

熊奇奇：喔？真的嗎？他們長得又不像。

（靜默，大家歪著頭回想。）

昱葳：呃……眼睛……不像……鼻子不像……呃……魚尾紋的部分……

北村：總之，我們大家要非常小心，知道了嗎？

眾人：是。

（燈光轉換。）

◇◆◇

（舞台另一邊亮起，小花和子瑄並肩坐在沙發上，喝著晚茶。）

小花：來，給妳準備的茶。

子瑄：（接過）謝謝。

（兩人並坐看著電視，一時靜默。）

子瑄：小花，我覺得……我們的婚禮還是暫時不要辦比較好？

（小花剛喝下的那口茶，立馬噴了出來。）

小花：怎麼了子瑄？怎麼突然說這個？

子瑄：我覺得現在鎮上弄成這樣，就算我們婚禮辦了，大家也沒有辦法真的開開心心來參加……

小花：那也是他們的事情啊，我們開心就好了嘛。

子瑄：大家原本都好好的啊，還不是說散就散。

小花：我們不一樣啊！我知道了，妳一定是受那個小吉和糰子的影響，有時候真的會被他們氣死耶，妳想想看我們要結婚啊，結果結婚前搞這個，真的是越想越生氣！（突然發現子瑄只是安靜的聽著）……子瑄？

子瑄：小花，我們不結婚，維持現狀不行嗎？

小花：……

子瑄：妳跟我求婚的時候，我嚇了一跳，當然也很高興……但冷靜下來想了一下，我們真的需要結婚嗎？結婚可以給我們需要的嗎？結婚之後我就可以給妳妳想要的嗎？

小花：我之前也說啦，之前的關係很好，可是我自己想要給妳一個更完整的，一個家的感覺。

子瑄：我只是有點害怕，我們真的能這樣一直很好很好地走下去嗎？

小花：我知道了……沒關係，妳也知道，我其實只要妳一直陪在我身邊，我就很滿足了，所以……

（察覺到小花的落寞，子瑄抱住小花。）

子瑄：抱歉，再給我一點時間好嗎？

小花：沒事，不用急，慢慢想就好，只要妳心中有個答案，就記得告訴我，好嗎？

子瑄：謝謝。

小花：總之妳只要記得，不管這世界變得怎麼樣，我都不會離開妳，我對妳永遠不會變。

子瑄：葉小花……

小花：唉呦看妳緊張的，沒事啦。

（小花故作輕鬆，終於逗笑子瑄。兩人好像沒事了般。燈光漸暗。）

◇◆◇

（墓園，芯瑩站在阿狗的墓碑前，地上有著許多祭品。）

（芯瑩點起自己不習慣抽的菸，嘗試抽著，卻被嗆得連連咳嗽。）

芯瑩：店長……自由新鎮變得好奇怪，如果這時候你在就好了。

（北村走來，沒料到會突然有人，讓芯瑩嚇了一跳。）

芯瑩：嗚啊！（發現是北村）是你，嚇我一跳。我還以為是他顯靈。

北村：妳又自己跑來這裡了……這裡地上也太多菸和食物了吧。

芯瑩：嗯，每次來祭拜的東西都沒有帶走。有些事情想不通的時候，我就會想要來問他。

北村：那他有回答妳嗎？

芯瑩：他每次都要我自己想辦法。

北村：哈哈……

（兩人看著阿狗的墓，各懷心事。）

芯瑩：大家都變了……我真的好不習慣。

北村：妳放心好了，不管怎麼樣，我絕對不會變的。

芯瑩：嗯，說好囉。

（芯瑩露出微笑，靠著北村。）

北村：芯瑩，老實說我們在懷疑，這些怪事……都和欣欣有關。

芯瑩：為什麼要懷疑她？

北村：我們也只是懷疑，還沒有證據，我想要更深入調查。

芯瑩：（語氣一變）深入調查？

北村：對！

芯瑩：萬一受傷怎麼辦？

北村：——但妳放心，我不會害自己陷入危險的。

芯瑩：我是說萬一受傷怎麼辦？

北村：這……這個……

芯瑩：……不管怎麼樣都小心一點啦！

北村：好，我答應妳。

（芯瑩仍然感到擔心，卻不再多說。看著她的表情，北村有點不太確定芯瑩此刻真正的想法。）

北村：芯瑩，妳在生氣嗎？

芯瑩：沒有啦。

北村：那我去找院長囉？

芯瑩：去吧。

（北村伸出手，芯瑩以為北村要給自己擁抱安撫，於是也伸出手。想不到北村只是拍了拍芯瑩的肩，便轉身離去。）

（芯瑩傻眼，看著北村的背影，終於罵出聲。）

芯瑩：白癡直男！

（燈暗。）

註23：在RP中，除了工作同事間有無線電外，手機的訊息是最主要的聯繫方式。

註24：出自田馥甄〈LOVE?〉，詞曲：黃淑惠。

第五場 陷阱

（一大群非常愛教教徒，圍著火堆進行著聚會。他們穿著足以遮住臉部的寬大紅色斗蓬，背後有個白色的手指愛心 LOGO。）

（他們雙手朝天，反覆吟詠著口號詞句，邊旋轉起舞。）

教徒：我們是真愛，擁抱愛，享受愛，愛愛愛——

我們是真愛，擁抱愛，享受愛，愛愛愛……

（北村和甜甜院長躡手躡腳靠近，躲在暗處窺看。）

北村：（小聲地）這就是非常愛教的聚會。媽的，根本是邪教！跟妳之前發明的那個昂逼力克斯（註25）沒兩樣——

林甜甜：喂，你講話小心點！

教徒：昂逼力克斯～昂逼力克斯～昂逼力克斯～

北村：哇靠，真的假的！

林甜甜：抄襲！

北村：我們拍幾張照片，回去調查他們的底細。

（北村用手機偷拍，突然甜甜院長的手機來電震動，她趕緊切掉。兩人趕緊收起手機躲好。）

（其中一個教徒停下舞步，朝他們躲藏的方向看了一眼，又繼續回到隊伍。）

北村：（低聲）搞什麼呀，這樣會害我們被發現。

林甜甜：（看訊息）是熊奇奇啦！她要我記得買雞飼料回去。

北村：嘖，現在是做這個的時候嗎？真是的——

（突然，輪到北村的手機鈴聲大作，特意設成財哥車子喇叭聲（註26）的來電鈴聲瘋狂響起。）

北村：幹，誰呀？幹嘛這個時候打來啊——

林甜甜：快切掉！

北村：吼財哥啦——洗咧趕喔——！

（北村連忙翻找包包，好不容易找到手機時，所有教徒都已經停下原本動作，看向他這邊。）

林甜甜：我們死定了。

（一名看不清樣貌的教徒自人群中走出。）

謎之音：今天的聚會，有新朋友加入呢。

教徒：（齊聲）歡迎，歡迎，熱烈歡迎——歡迎，歡迎，熱烈歡迎——

謎之音：歡迎加入非常愛教，讓我們一起在愛裡叫啊叫——

教徒：（齊聲）歡迎加入非常愛教，讓我們一起在愛裡叫啊叫——

（教徒不斷反覆著歡迎詞，逐漸包圍北村和甜甜院長。）

北村：你們不要再靠近了！

（北村和林甜甜互看一眼，點頭，拉開外套，露出裡面固定許多炸藥雷管的背心。）

林甜甜：再靠近一步，大家就一起同歸於盡！

（場上頓時靜默。）

（站在前頭的人脫下斗蓬帽兜，是妘芮。）

妘芮：唉唷院長啊，妳這樣是要嚇死我們喔。——（回頭安撫眾人）大家放輕鬆，你們看，都是自己人啊！

（大家紛紛脫下斗蓬帽兜，鬆了口氣，彼此有說有笑，氣氛輕鬆，與全副武裝，呈現警戒狀態的北村和甜甜院長對比，顯得格格不入。）

北村：局長，這到底是怎麼一回事？

妘芮：你放輕鬆點嘛北村哥。來，一起喊個口號吧。時よ止まれ！

教徒：ザワールド！

北村：你們……到底是怎麼一回事？

小柯：我們大家不過是聚在一起吃吃東西、唱唱歌、聊聊天啊！

林甜甜：這個地方看起來不像是酒吧！

小吉：哎呦，我們現在不去那種地方了啦！

小柯：在這裡和我們的真愛伙伴交流，比起混酒吧快樂一百倍。

糰子：就是說呀，一起加入我們嘛。

林甜甜：……你們的教主是誰？

（聽到「教主」一詞，所有教徒頓時同步哈哈大笑。）

小吉：吼呦，沒有那種東西啦！
糰子：我們每個人本來就有愛的能力，發現真愛是自己的事，哪裡需要什麼教主呀？
小柯：對呀，又不是邪教——你們很好笑耶。
林甜甜：在我看來，你們就是邪教。
妘芮：喂喂喂，沒禮貌！你覺得我像是會加入那種鬼東西的人嗎？
小柯：北村、院長，我們認識多久了？難道你們就信不過我們，無法接受我們的改變嗎？
北村：我們是認識很久了，但我現在已經不認識你了……
妘芮：誇張，少見多怪，來啦，介紹我的真愛——
北村：我們都知道你和小柯在一起了！
小柯：不，不只是我和妘芮，現在還有——Terry，他也是我們的真愛伙伴。
（Terry 拉下帽兜，和大家打招呼。）
北村：Terry？
Terry：哈囉，這麼正式被介紹出櫃，還是有點害羞耶！
小柯：幹，我們是真愛，有什麼好害羞。
（妘芮、小柯和 Terry 親密互動，北村和甜甜院長看傻了眼。）
北村：你們、你們在開什麼玩笑！想要騙誰呀！
糰子：你這樣說太過份了，他們是真愛耶！你為什麼要阻止他們「多元成家」！
北村：這才不可能是真的。

小柯：北村，我們這樣真的很幸福啦，你不祝福我們就算了，但可以不要搞破壞嗎？

北村：（憤怒）我、我——

林甜甜：北村，別再跟他們說了……他們看起來像是被洗腦了！

小吉：洗腦？洗頭還差不多，哈哈哈——

（小吉做出洗頭的誇張表演，教徒們被他逗得齊聲哈哈大笑。）

小柯：院長，我們很希望你們加入我們愛的行列，一起擁抱愛，享受愛，愛愛愛——

林甜甜：謝了，時間不早了，我們該回去了。

教徒們：（齊聲）加入我們愛的行列，一起擁抱愛，享受愛，愛愛愛——

（教徒們湧上，包圍甜甜院長和北村。眼看狀況不對，院長使了個眼色，北村從背包裡拿出煙霧彈。）

林甜甜：走開，不然我現在就引爆炸彈給你們看。

（北村將炸彈一拋，教徒驚慌，兩人趁亂逃跑。）

（妘芮接到，慌忙丟開，場上煙霧瀰漫，教徒四散躲避。稍有平息後，教徒們被煙霧燻得咳嗽流淚，卻未有預期的爆炸。糰子在煙霧中找尋「炸彈」的殘骸察看。）

糰子：芮，你看！是假的！

小吉：這不是雷管，而是熱狗。

妘芮：可惡，竟然被他們擺了一道。

糰子：怎麼辦？以前大家感情那麼好……可是他們現在卻變成恐怖份子了。

妘芮：（邊吃熱狗）大家不要洩氣！我們要相信真愛的力量！

小柯：對，我們要有信心，讓這些自由新鎮的害群之馬，變成我們的真愛伙伴！真愛無敵——

教徒們：（齊聲）真愛無敵！

（教徒們紛紛戴上帽兜，繼續吟詠起口號。）

教徒：我們是真愛，擁抱愛，享受愛，愛愛愛——

我們是真愛，擁抱愛，享受愛，愛愛愛……

（口號聲響在空間中迴盪不絕。燈光漸暗。）

（中場休息。）

註25：甜甜院長隨口發明的口號演變成的宗教，曾蔚為熱潮，號稱朗誦這個口號就可以促進健康。

註26：又稱「靈魂」。

第六場　背叛

（場景轉換成酒吧。過程中，林甜甜和北村氣喘吁吁地跑出，他們正在逃離教徒們的半路上。）

北村：這些人真的是瘋了！瘋了！

林甜甜：更恐怖的是……他們都是我們的朋友。（瞥見北村手臂上的淡淡血痕）你受傷了？

北村：對啊。

林甜甜：你身上有繃帶嗎？

（北村從背包中拿出繃帶，林甜甜接過，為北村包紮。）

林甜甜：你不覺得這整件事情，跟那個女生……她叫什麼？

北村：欣欣。

林甜甜：你覺得她來之後有什麼改變嗎？

北村：我覺得她跟阿狗感覺很不一樣……

（北村被包紮痛得大叫。）

林甜甜：忍耐一下！這麼沒用，真不知道芯瑩喜歡你哪裡。

北村：……總之，我也覺得欣欣有點奇怪。所以我很擔心芯瑩。

林甜甜：那芯瑩最近有怪怪的嗎？

北村：沒有啊。……你有看到小柯他們的眼神嗎？完全跟我們認識的不一樣，糰子和小吉也是。

林甜甜：嗯，我這邊有拿到化驗的樣本，我會先回醫院做一些調查，你趁現在先去把大家找來吧。

北村：好，院長，萬事小心。

林甜甜：你也是。時間不多，我們快走吧。

（甜甜院長、北村離場。）

◇◆◇

（場景轉換，酒吧。）

（黯淡光線中，欣欣陰沉地在櫃臺調酒，對著櫃臺上的貓喃喃自語。）

欣欣：自由新鎮，到底是一個什麼樣的地方？自由新鎮很新，大家來到這裡，又離開這裡，來來去去很自由，因為這裡不是任何人的故鄉，也不是誰真正的家，為了這種地方拼上性命真的值得嗎？……大家都說，每個人都可以在自由新鎮成為新的自己，找回真正的自己……但真正的自己，真的有那麼重要嗎？……本來就沒有的東西，又要到哪裡才能找回來呢？

（芯瑩走進，遠遠就看見欣欣呢喃的樣子，疑惑地走近。）

芯瑩：欣欣，妳在跟誰說話？

欣欣：沒有啦，芯瑩姐，我在自言自語。

芯瑩：這個時間應該不會有人來了，妳早點回去休息吧。

欣欣：我還想多練習一下調酒。……對了芯瑩姐，可以請妳幫我嚐看看味道嗎？

芯瑩：當然好囉。

欣欣：那芯瑩姐想喝什麼呢？

芯瑩：那……來一杯「天使之吻」好了。
欣欣：Angel's Kiss，象徵純潔而美好的女性，真的很適合芯瑩姐呢。
（欣欣邊準備材料，邊繼續說著。）
欣欣：最近生意又變差了，我想多學多做一點，不要成為妳的負擔。
芯瑩：不用擔心啦，這間酒吧就是這樣的一個地方。
欣欣：芯瑩姐，這樣不行啦，又不是慈善事業……
芯瑩：當初妳哥哥開這間酒吧，幫助了很多生活遇到困難的人——我也是因為這樣，才會來到這裡的。雖然阿狗現在不在，但我還是希望讓大家繼續感覺：啊，這是阿狗的酒吧呀，一個看起來明明是脫衣舞廳，卻像個家一樣的地方。
欣欣：大家真的很喜歡他呢……
芯瑩：對呀。
欣欣：……
芯瑩：欣欣，怎麼了嗎？
欣欣：沒事啦……
芯瑩：對了，我有東西要給妳——（遞上鑰匙）
欣欣：這是？
芯瑩：這是酒吧的備用鑰匙，以後就當自己家吧。
欣欣：這樣不好吧？

芯瑩：唉呀！沒關係啦！
欣欣：芯瑩姐……
芯瑩：妳是一個很好的人。
欣欣：怎麼突然這麼說？
芯瑩：沒有啦……
欣欣：……
芯瑩：每個人都有自己的難關，如果妳有遇到困難一定要跟我說喔！
欣欣：嗯……王小姐，妳點的「天使之吻」，我調好了。
芯瑩：哇，還蠻快的嘛，而且做得很漂亮耶。
欣欣：……。
（聽到芯瑩的真心稱讚，欣欣有些不安。不疑有他，芯瑩拿起杯子準備喝下。）
欣欣：芯瑩姐，其實我——別喝！
（欣欣急忙出手，撥開芯瑩正要喝下的「天使之吻」，杯子掉落在地。）
芯瑩：欣欣？
欣欣：芯瑩姐、我……
芯瑩：妳為什麼打我……
欣欣：那個……唉呦，我剛才突然想起來，這個杯子是客人用過的，我真是的……
芯瑩：用過的也不用打我吧……嗚嗚……

欣欣：對不起對不起！啊，沾到衣服了，我幫妳擦——

芯瑩：沒關係啦，我回去再洗就好了……不要這樣、那是抹布啦，啊啊——

（這時北村正走進店裡，一聽到芯瑩的呼叫，他立刻衝上前，一把將欣欣推開。）

北村：妳到底在做什麼？

芯瑩：北村，她是在幫我耶！

（芯瑩攙扶起欣欣。）

（北村看了看芯瑩衣服上的污漬，又看了欣欣手上的抹布。）

芯瑩：北村，你受傷了！

北村：沒有，一點小意外而已。

芯瑩：跟我說實話！

北村：……我們潛入非常愛教的聚會，結果被發現了。

芯瑩：（著急）那你還好嗎？

北村：我沒事。（看向欣欣）欣欣，我問妳，妳老實跟我說，妳到底是誰？來這裡做什麼的？

芯瑩：北村？

北村：妳，真的是阿狗的妹妹嗎？

芯瑩：北村！到底是怎麼了？

北村：我真的沒有辦法相信這個女人，欣欣，請妳離開自由新鎮吧。

芯瑩：這是阿狗的店，你怎麼可以趕他妹妹走！

北村：欣欣，請妳離開。
芯瑩：北村！這是我的店耶，你沒有資格……
欣欣：好，我去換衣服。
（欣欣準備離開，芯瑩試著挽回她，但卻被北村阻擋著。）
芯瑩：等一下！北村，你知道什麼才是最危險的嗎？那就是沒有證據，就急急忙忙要找人成為代罪羔羊！
北村：芯瑩……難道妳也被邪教洗腦了？
芯瑩：你懷疑我嗎！
北村：我不是那個意思——
欣欣：芯瑩姐，妳還是跟北村哥一起走吧。
芯瑩：我不要，他這次實在太過份了——
欣欣：不，他說的都是真的，如果妳剛剛喝下那杯飲料，妳就真的會被洗腦了。
芯瑩：欣欣？
（此時，大批教徒湧入，抓住北村和芯瑩。）
北村：放開我們！滾開——
教徒：報告隊長，請問這兩名異教徒，現在該怎麼處置？
欣欣：放開他們……時候未到，這次就讓他們走吧！
教徒：遵命！

（教徒們放開芯瑩和北村，並讓開一條路。）

芯瑩：欣欣……為什麼？

欣欣：快走吧，不要讓我後悔做了這個決定。

北村：……這裡已經不是阿狗的酒吧了，我們趕快走吧。

（芯瑩不捨，難過離去。北村瞪了欣欣一眼，隨後跟上。）

（教徒們向欣欣致意。）

謎之音：奉天承運，教主召曰——經過鎮民投票結果，從今天起，非常愛教成為自由新鎮唯一法定宗教。不是非常愛教教徒者，一律驅逐出境，擅自闖入自由新鎮者，強制接受愛的感化教育，欽此！

眾教徒：我們是真愛，擁有愛，分享愛，愛愛愛！
我們是真愛，擁抱愛，享受愛，愛愛愛……

（欣欣冷漠地聽著教徒們的歌頌，將手插入口袋中。突然，她發現口袋裡，是芯瑩先前交給她的酒吧鑰匙。欣欣看著鑰匙，臉上露出了苦澀的神情。）

POLICE
ORO EN PAZ FIERRO
EN GUERRA

第七場 綁票

（警局，小吉一個人值班，小柯元氣滿滿地走進。）

小柯：小吉！こんにちは（你好）！

小吉：小柯醫師，歡迎歡迎，怎麼有空來？

小柯：自從大家都成為教徒後，每個人都奉公守法，我再也不用到處幫人急救，輕鬆多囉！

小吉：就是說啊！我看警察也快失業了。

小柯：沒想到只是加入非常愛教，人生竟然就有一百八十度的轉變。

小吉：對，用不完的愛，就像源源不絕的被動式收入啊。

小柯：想起當初和糰子在一起的時候……

小吉：喂喂喂，你別在我面前說我女朋友的壞話喔。

小柯：不是啦，我是要說，糰子是個很好的女人，她很體貼，她很會為大家著想，有事情都會放在心底不會說出來，你要多關心她，不要和別的女人嘻嘻哈哈——對她好一點，她對喜歡的人，會比對自己還好——

小吉：等一下！說這麼多……你——該不會還喜歡她吧！

小柯：怎麼可能，我對她已經沒有感覺了。（頓）唉——

小吉：怎麼了？

小柯：我覺得現在和芮、Terry在一起很好，只是還是會覺得愛情來得太快……

小吉：就像龍捲風——

小柯：離不開暴風圈——

小吉：來不及逃（註27）——

（兩人繼續接到副歌完，相視而笑。）

小柯：我只是有種奇怪的感覺，想不起來這段感情是怎麼回事？

小吉：我也有類似的感覺，大概……愛情本來就不需要什麼道理吧。

小柯：可是你不覺得很奇怪嗎？我和糰子，你和昱葳，我們都曾經相愛過——可是我現在卻沒什麼特別的感覺，這樣不是很奇怪嗎？

小吉：噢，NO，你這些話讓妘芮和Terry聽到的話，他們鐵定會心碎的——我問你，現在的你快樂嗎？

小柯：很快樂呀，自從加入非常愛教後，我每天都快樂得不得了。只是還是會……還是會……唉，還是會……

小吉：害怕？

小柯：不知所措啦（註28）。哈哈哈。

（兩人再度相視而笑。）

小柯：如果有一天這些又改變了呢？到時候的我們會是什麼樣子？

小吉：別想那麼多！來，跟我一起唸——

小吉、小柯：（齊聲）我們是真愛，分享愛，擁抱愛，愛愛愛——

小柯：呼，果然唸完，感覺好多了～

小柯：對了，芮和糰子今天不是去上Terry的節目嗎？

小吉：嗯，時間應該差不多了，我們來聽吧！

（小吉拿出手機，切到廣播頻道。）

（舞台另一邊亮起。場景是廣播電台，披著紅斗蓬的 Terry，同樣披著紅斗蓬的妘芮和糰子坐在一旁。）

Terry：各位聽眾晚安，這裡是 FM9498「就是酒吧」電台，我是電台 DJ Terry，自由新鎮本週開始成為了非常愛教的淨土，在今天心情點播之前，我們邀請到資深教友糰子，以及我們尊敬的警察局長，同時也是我的親密愛人，芮，與我們分享關於非常愛的見證。——妘芮，糰子，你們好。

糰子：大家晚安。

妘芮：大家好。

Terry：今天邀請到兩位貴賓來和我們做「愛的見證」。

妘芮：那還不簡單？（瞪著 Terry）

Terry：呃，我的臉怎麼了嗎？

妘芮：Terry，你，就是我的愛，我正在見證你！

糰子：討厭啦！芮，你這樣講小柯醫生會嫉妒的。

妘芮：不會！柯，我知道你正在收聽。我相信你不會吃醋的！

（小柯撥電話。）

妘芮：唉呦什麼東西在震啦！

Terry：啊！有電話進來了，喔！是親愛的柯，你想我們嗎？

糰子：响，不要在節目中曬恩愛啦！

Terry：好啦，有些話就我們回家繼續喔！（親電話）

（小柯那端掛掉電話。）

Terry：回到節目，今天想請兩位跟我們分享一下，成為教徒後，生活有什麼改變呢？

糰子：吼呦，哪有什麼改變，日子還不是照樣過。

妘芮：對呀，該上班還是必須去上班，要巡邏還是必須去巡邏，什麼都沒有改變。

糰子：雖然什麼都沒變，但我們覺得這樣很好。

妘芮：對我來說，幸福就是像這樣，每天做該做的事情，只是——

Terry：只是什麼？

糰子：認識真愛後，我們再也不用擔心失去愛。生活沒變，但生命卻更充實了。

妘芮：有滿滿的愛進到我們生命裡，還有滿滿的其他東西進到我們的屁——

Terry：你們的分享真是太棒了，我與心愛的柯和芮，現在也是過著平淡而幸福的生活。感謝兩位。接下來暱稱「萬重山」的陌生聽眾又來訊息點播囉，請聽〈Jailhouse Rock〉監獄搖滾——

（歌曲響起。）

（小吉和小柯聽著音樂，開始尬起舞。欣欣走進警局，看著他們好一會兒，直到小吉和小柯終於注意到欣欣。兩人手忙腳亂，趕緊站好。小吉連忙切掉廣播。）

小吉：隊長大人，您要出來巡視，怎麼不先通知我們呢？

小柯：對呀，應該我們去門口接您才對啊。

欣欣：不要這樣叫我，就叫我欣欣吧。

小吉：是的，欣欣……隊長大人。

欣欣：……難道一定要加大人嗎？

小柯：J個嘛……

小吉：呃……好像有點……

欣欣：這是命令！

小吉、**小柯**：是！隊長——（接著無聲嘴型：大人）

欣欣：算了，如果有事情要回報的話，晚上到酒吧找我。

小柯：啊，好的，我馬上通知大家要集會……

欣欣：不用，我是說有事情要回報的話……現在店裡都沒人，我……有點無聊……

小吉：可是隊長（接無聲嘴型：大人）酒吧是給空虛寂寞覺得冷的人去的聲色場所。

欣欣：你他媽說誰空虛……

小柯：就是說啊，我們再也不需要靠酒精麻痺自我，只要能跟所愛的人在一起，我們就覺得很幸福了！

欣欣：（自言自語）原本的你們可愛多了。之前你們來聽我唱歌，那時候……

小柯：啊，隊長大人想要唱歌嗎？

小吉：我現在就召集大家去酒吧聽您演唱！

欣欣：不用！

（欣欣欲言又止，彷彿有一絲想喚醒他們的決心，但隨後放棄，轉身離去，小柯和小吉面面相覷。）

小柯：隊長大人是不是心情不好？

小吉：唉，一定是那些不願意加入的異教徒讓她很煩惱吧！

（昱葳突然從旁出現、熊奇奇則從櫃臺冒出。）

昱葳：不准動！這間警察局已經被我控制了！

熊奇奇：不准動！這間警察局已經被我控制了！

昱葳：我剛剛講過了啦。

熊奇奇：歹勢……

小吉：哇！妳們什麼時候躲在那裡的？

熊奇奇：上一場換景的時候啊。

小吉：蛤？

昱葳：蛤？

昱葳：廢話少說，所有武器都打包好了嗎？

熊奇奇：都在這裡了。

昱葳：很好。

（昱葳走向小吉，把他打昏。她回頭，瞪向小柯，小柯自己把自己打昏。最後，昱葳看向熊奇奇。）

熊奇奇：（嚇到求饒）我很尊敬妳……

昱葳：這兩個，也打包帶走！

熊奇奇：喔……好！

（昱葳轉身走人。熊奇奇看著倒地不起的小吉和小柯，苦惱。她拿著一個旅行袋，蹲到小吉身旁，準備抬起小吉的腳。）

小柯：（睜眼恥笑）怎麼可能……（熊奇奇回頭，小柯立刻又倒下裝死。）

（熊奇奇再次抬起小吉的一腳。）

熊奇奇：（使勁）咿——呀！

◇◆◇

（警報聲大作，紅光不斷閃爍，教徒們恐慌地相互走告，找尋被擄走的小柯和小吉。糰子、妘芮和Terry哀傷又憤怒，欣欣旁觀這一切，難過又後悔。）

謎之音：各位親愛的弟兄姊妹們，自從神的恩典降臨在自由新鎮，原本以為從此大家都能過著幸福安詳的生活，可是卑鄙的恐怖份子，不但鄙視我們的真愛，還來拆散了我們的愛人。這種行徑，你們還能忍受嗎？

眾人：不能！

妘芮：我們必須團結，服從先知的領導，把愛找回來，把公理正義找回來！我們相信，真愛就是力量，你們說對不對！

眾人：對！我們是真愛，擁抱愛，享受愛，愛愛愛——

（燈暗。）

註27：出自周杰倫〈龍捲風〉歌詞。作詞：徐若瑄，作曲：周杰倫。

註28：出自韋禮安〈還是會〉歌詞。詞曲：韋禮安。

第八場 實驗

（修車廠裡，小吉和小柯被綁在椅子上，動彈不得。昱葳看守他們。）

（芯瑩落寞地坐在角落，北村上前關心她。）

熊奇奇：沒想到那個欣欣竟然真的就是幕後黑手……

北村：大家都被她騙了。

小吉：好餓喔，要不要叫個外送啊？

昱葳：好哇，你想叫哪一家的？

小吉：這樣的話，我比較想要叫——

昱葳：（髒話）還真的咧！你們都已經被抓來這裡了，怎麼可能讓你們叫外賣！

芯瑩：（起身）大家不好意思，我去準備晚餐，你們稍等一下。

（芯瑩離去。）

小吉：喂，你們這樣子是綁架、妨礙自由、妨礙公務，還違反槍砲彈藥刀械管制條例——

昱葳：喔？報警抓我們呀？

熊奇奇：昱葳，院長的化驗結果還沒出來，但我有些想法可以先試看看嗎？

昱葳：好哇，這邊交給妳了

小柯、小吉：（七嘴八舌）妳想要幹嘛？妳要做什麼？

熊奇奇：人、體、實、驗。

（熊奇奇拿出一個懷錶，在他們面前搖晃。）

小吉、小柯：（七嘴八舌）這什麼鬼啊？我才不相信——

熊奇奇：當我數到三，你們就會睡著，一、二、三——

（兩人雙雙入睡。）

昱葳：有用耶！

熊奇奇：當我數到三，你們就會就回到原本的自己，一、二、三——

小吉、小柯：（同時醒來）我們是真愛，擁抱愛，享受愛，愛愛愛！

（眾人失望，熊奇奇尷尬笑。）

熊奇奇：奇怪，理論上應該會有用的……

昱葳：我看，對這兩個傢伙必須來硬的。

小柯：別、別開玩笑了……

小吉：我們只是找到了真愛，我們到底哪裡錯了？

北村：啊，聽說極大的恐懼和驚嚇，會讓人瞬間清醒過來——

昱葳：北村，你要做什麼！

熊奇奇：你應該會用夾子夾他們奶頭、拿針刺他們指甲吧！

小吉、小柯：什麼！

北村：呃，我本來沒有這樣想，但好像可以試一下！

（脫掉他們的鞋襪。）

熊奇奇：還是昱葳，妳該不會想要剁他們腳指吧？（遞刀）
昱葳：喔喔。
熊奇奇：還是，你們要用羽毛搔癢腳底直到他們癢死？
北村、**昱葳**：好！
（熊奇奇遞羽毛給昱葳和北村，兩人拼了命地搔起小吉和小柯的腳底。小吉和小柯癢得瘋狂大笑。）
小柯：不行了，我喘不過氣，我快死了——（昏厥）
小吉：糰子，我們下輩子在愛裡重生吧！
昱葳：開什麼玩笑！再來！
小吉：士可殺，不可辱——啊啊啊！
（林甜甜走進。）
林甜甜：好了。——熊奇奇，可以請妳幫我去準備一下嗎？
熊奇奇：沒問題。（離開）
北村：院長！化驗結果如何？
林甜甜：看來鎮上的食物和飲料都不太安全，裡面都有摻著可以控制腦部的奈米晶片，應該是體內濃度累積到一定程度，就會被不知道設置在哪裡的腦波控制器控制。
北村：這個奈米晶片是可以動手術移除的嗎？
林甜甜：（搖頭）清不完的，但身體本來就會自然代謝，只是需要時間。

昱葳：所以只要將他們丟著不管，過一段時間就會恢復正常囉？

林甜甜：大概三個月不吃不喝應該就會恢復正常了。

小吉：三個月不吃不喝就死掉了啊！

林甜甜：只要不是來自鎮上的食物就沒問題了。

北村：沒問題，我會確保安全的食物來源。

林甜甜：但還是不能掉以輕心，或許我們體內也有晶片，只是濃度還不到而已。

（院長拿出奇怪的頭盔，戴在小吉頭上。）

小吉：幹嘛、幹嘛，院長妳想做什麼？

林甜甜：科學研究——熊奇奇，接上發電機了嗎？

（熊奇奇拖著電源線和操縱器走進。）

熊奇奇：十萬伏特準備好了！

小吉：等一下，妳——妳們要把我電死了嗎？

熊奇奇：開玩笑的啦，怎麼可能十萬伏特——一百萬伏特準備好了。

小吉：還是一樣呀，會死的——

北村：院長，這樣不好吧！

林甜甜：通電！

小吉：啊啊啊啊——我還活著？昱葳？北村？我剛才是怎麼了？

北村：小吉，你恢復正常了？

林甜甜：果然是腦波控制，從沒看過這麼強效的，這頂帽子只能暫時阻絕電波。

昱葳：小吉你還好嗎？

小吉：頭很不舒服……

昱葳：你不舒服？要院長幫你看一下嗎？

小吉：不用不用……昱葳，對不起。

昱葳：沒關係，如果你是說這段時間的話，沒關係，你們被控制、被洗腦了。

小吉：我真的不應該對妳做這種事情，我……

昱葳：那是因為你被洗腦，那並不是你可以解決的事情，所以沒關係，等這一切都結束之後，大家都會好起來的，這一切都會好起來的。

熊奇奇：院長，發電機快撐不住了。

（燈光開始微微閃爍，開始有電器的聲音。）

小吉：昱葳，妳聽我說，雖然我不知道妳最近怎麼了，心情好像很不好，但是我是真的、真的很喜歡看到妳笑的樣子，要是我真的變不回來了，妳答應我，妳要好好的活下去好嗎？

昱葳：你現在不要說這種話，一切都會好起來的。

熊奇奇：院長，發電機到極限了！

小吉：昱葳，謝謝妳，我愛——

（院長將昱葳拉離小吉，燈光閃爍，小吉有如觸電般抖動，接著小吉昏厥。不久空間恢復平靜。）

（小柯被這陣騷動吵醒，錯愕地看著被電到昏過去的小吉。）

POLICE
POLICE

小柯：呃……接下來該不會要換我了吧？
熊奇奇：既然你醒了，那就來試試吧！
小柯：我……還沒醒……（閉眼歪頭）
北村：昱葳，我們都會想辦法救小吉的。
昱葳：我們現在還會有什麼辦法？
熊奇奇：昱葳，現在不是說喪氣話的時候，妳要相信我們，我答應妳，我們會找到辦法解決的。
林甜甜：就先別想太多，等解除腦波控制，任何問題都是可以被解決的。
昱葳：嗯……
林甜甜：（拿出一管藥劑）各位，老實說……我試著調製了解毒劑，可以抑制體內奈米晶片的作用。
北村：既然這樣幹嘛不早點拿出來？
林甜甜：（搖頭）但還沒有經過動物和人體試驗，太危險了。
熊奇奇：沒關係啦，就拿他們先試看看啊——
林甜甜：但是有可能會死的。
（靜默。）
（芯瑩走進。）
芯瑩：大家，晚餐準備得差不多囉——
林甜甜：（嘆一口氣）……直接拿他們的生命做賭注，我做不到。

妘芮：（聲音）院長果然比較有職業道德呢。

（幾位教徒湧進，挾持住了院長與芯瑩。）

北村：芯瑩！

（北村一個箭步衝向教徒，一陣纏鬥後芯瑩掙脫，但北村被局長一把勒住。）

北村：局……局長……

妘芮：幹什麼幹什麼，北村哥，不要那麼激動嘛。

小柯：（張開眼睛偷看）芮……你終於來救我了……

妘芮：親愛的，不好意思讓你久等了。

昱葳：你們想幹什麼！快點放開他們！

妘芮：（稍微鬆手）各位有話好說，大家明明都是朋友，別把我們當敵人。

（糰子進。）

糰子：啊，你們竟然對我的小吉動用私刑，我我我不會原諒你們的！

北村：不，這只是個實驗，而且成功了！我們可以幫助你們——

糰子：我們不需要幫助，我要帶小吉走——

昱葳：不可以！

（糰子衝上前，將自己的額頭抵上昱葳的槍口，兩人對峙。）

妘芮：昱葳同仁，妳怎麼捨得拆散有情人，不覺得這樣太殘忍了嗎？

林甜甜：這些都是假的，是這些邪教徒在食物裡加了晶片害你們變成這樣的。

小吉：（緩緩甦醒）不是的……我是真的想和糰子在一起……

昱葳：夠了！別再說了……別再說了……

妘芮：大家冷靜喔，繼續吵什麼愛呀不愛的是不會有結果的（一把將北村甩給一位教徒）——OK，我們現在來一件一件解決，首先……

（抓住院長與北村的教徒各拿出一支針筒。）

熊奇奇：（舉槍）你們想幹嘛！那是什麼東西！

妘芮：冷靜冷靜，妳看我們有帶武器嗎？沒有嘛，這件事情我們根本不需要用暴力解決——不過，既然院長已經查出問題了，可能就得稍微用一點點的暴力了。

（兩位教徒把針筒插進北村與院長的脖子，兩人倒地。）

妘芮：你們已經知道食物有問題了，只好直接將晶片打入你們體內囉～這下你們也沒有辦法拿到院長的解毒劑了。

芯瑩：院長！北村！

妘芮：不要再抗拒了，來吧，跟我們來吧。

小柯：只要相信愛——

妘芮：我們就可以靠愛的力量，解決所有難題。

小吉：靠愛的力量，創造更多幸福。

妘芮：加入我們愛的行列吧，一起擁抱愛——

糰子：享受愛——

糰子、妘芮：（齊聲）愛愛愛……

（妘芮和糰子反覆唸著「分享愛，擁抱愛，愛愛愛」，接著小柯和小吉加入。突然間，北村和院長起身，也加入了吟詠。）

熊奇奇：北村？院長？

昱葳：（擋在熊奇奇面前）退後！

（北村與院長轉頭看向彼此。）

林甜甜：這趟尋找愛的旅程，真的好漫長……

北村：幸好在走到終點前，我能發現有妳在我身邊。

芯瑩：不不不！

（熊奇奇上前想要拉開北村和甜甜院長，卻被昱葳一把抓住。）

昱葳：我叫妳退後！

（昱葳開槍打破燈泡，場上一片漆黑。）

昱葳：快走！

（場上吟詠聲持續。）

教徒們：我們是真愛，擁抱愛，享受愛，愛愛愛——

（燈暗。）

第九場　謝謝

（約定好碰面的秘密營地裡，子瑄焦慮不安地坐著，小花來回踱步，時不時往外探頭。）

小花：……他們到底在哪裡？也不聯絡一下，是不知道別人會擔心嗎！

子瑄：小花，妳要不要過來坐著？

（小花卸下一些焦躁，半妥協地坐到子瑄身旁。）

小花：唉，原本以為可以過著平靜的生活了，沒想到現在卻躲到這種鬼地方……

子瑄：小花，雖然現在不是談這件事的時候，但我認真想跟妳說——

小花：啊！妳要說的是結婚那件事吧？

子瑄：對。

小花：沒關係妳不用說，我知道的。哎呦，想想也是，求婚那件事是我太衝動了……

子瑄：小花……

小花：我們的關係根本不需要被定義，交往啊、結婚啊什麼都只是個名詞而已，我們就是我們，什麼也不會改變啊。我們繼續像現在這樣就好了，對吧……

子瑄：（打斷）葉小花！我不是那個意思！

小花：那是？

子瑄：我承認我確實因為曾經有一段不美好的婚姻，跟我們的生理性別而猶豫，但我很認真想過了，一段美好的婚姻不應該限制在性別上，我，不是因為妳是男的或是女的，而是因為是葉小花，是妳，所以我才願意。

（小花開心到要哭了。）

小花：謝謝妳，子瑄，我相信妳，妳做任何決定都會是最好的。

子瑄：嗯，我也要謝謝妳，以後我們一起做的任何決定，都會是最好的。

（兩人濃情蜜意，正要親吻，昱葳、熊奇奇和芯瑩氣喘吁吁地跑進。）

小花：妳們到底跑哪去了！

子瑄：太好了，我們都很擔心……咦，北村跟院長呢？

（昱葳搖了搖頭。）

昱葳：……院長找到了讓大家異常的原因，那個奇怪的宗教團體在鎮上的食物裡面加了藥物，然後用某種方式對腦波做了操控……

子瑄：食物？那為什麼我們沒有事？

熊奇奇：（氣喘吁吁地）院長說……藥物裡面是奈米晶片，只要濃度還沒有到達標準，就暫時安全……她跟北村也是剛剛被他們抓住，直接被注射藥物才被操控的……

小花：妳們都還好嗎？

芯瑩：（疲勞沮喪地）沒事……但大家……

（子瑄、小花安慰沮喪的芯瑩和熊奇奇。）

芯瑩：奇奇，沒關係，這一切都會沒事的！

熊奇奇：（暴走）這個智障邪教用愛來當武器，實在太可惡了！我的股票都要變壁紙（註29）了啦！

（小花與昱葳想要安撫熊奇奇，熊奇奇失控揮了小花一拳，甩開昱葳。）

小花：昱葳！妳的肚子！

熊奇奇：妳……懷孕了？

昱葳：唉唷……那個……沒有了啦……

小花、**子瑄**：沒有了？

熊奇奇：我殺人了！

芯瑩：而且還是警察的！

昱葳：（感到有些羞恥）不是啦！我是說，本來就沒有，我誤會了啦！

芯瑩：蛤？什麼意思？

昱葳：就只是月經晚來，然後我又有點變胖，還看到局長的臉就想吐，所以我才以為……

（子瑄與小花同時鬆了一口氣，但又馬上意識到昱葳的感受而謹慎起來。）

子瑄：（小心地）昱葳，那妳還好嗎？

昱葳：沒事啦，我其實鬆了一口氣，哈哈，特別是現在還發生了這種事。

芯瑩：小吉都不知道這件事嗎？

昱葳：我沒有說，不過現在發生這種事，所以就算了，而且我也不知道他是不是想要……

熊奇奇：換個角度想，萬一是真的有小孩的話，他會被叫小吉吉喔。

熊奇奇：我想說……緩和一下氣氛……嘛……就……對不起（碎念）唉好想院長喔。

（所有人冷眼看待。）

小花：那接下來我們該怎麼辦？

昱葳：（思考）我想我們只能暫時離開這裡了。
子瑄：什麼？
昱葳：離開這裡，離開自由新鎮。
小花：離開？離開是什麼意思！大家怎麼辦？
芯瑩：昱葳，我沒辦法就這樣拋下大家！
昱葳：你們冷靜一點，聽我說完。我是指暫時離開。這些教徒根本到處都是，我們連剛剛他們怎麼找到我們的都不知道。現在只剩下我們了，再被他們抓住一切真的就完蛋了。
熊奇奇：（突然想起來）院長的解毒劑！
昱葳：（篤定地）沒錯，我們要想辦法回到醫院裡，拿到院長的解毒劑，然後暫時離開這裡，重新整頓好之後再來想辦法。現在沒有計畫地跟他們硬碰硬只會更危險。

（靜默。）

小花：昱葳，那我們什麼時候出發？
昱葳：現在天色快暗了，我們先在這邊等到天黑，晚上再行動，但我們需要一台車。
小花：修車廠裡還有客人的車，我可以去開過來。
昱葳：（思考）好，那妳們在這等我，車開過來我們就出發。
子瑄：大家一起去吧！
熊奇奇：我真的跑不動了……我在這邊等妳們……
芯瑩：我在這裡陪奇奇，現在確實也需要保留一點體力，我們人多行動也容易被發現。

昱葳：（猶豫地）可是……

芯瑩：沒事的昱葳，我們等妳們回來。

熊奇奇：快去吧！不用擔心！

昱葳：好。妳們一定要小心。

（昱葳帶著小花、子瑄離去。）

熊奇奇：芯瑩，謝謝妳陪我。

芯瑩：不會啦，不知道北村和院長他們怎麼樣了。

熊奇奇：沒事的！院長那麼精神潔癖，說不定不用救她，她自己就會醒過來！而且城府那麼深，搞不好不用兩三天就把自己變成邪教教主了……

芯瑩：（終於放鬆了一點，笑了）怎麼可能啦！……奇奇妳真的很厲害，不管什麼時候都還是這麼堅強。

熊奇奇：（頓）沒有啦，我其實很弱，又笨，每次都被院長念來念去。

芯瑩：（看著熊奇奇不語）

熊奇奇：（有點哽咽，但依然微笑著）我剛剛在想啊，連院長這麼聰明都可以輕易被他們操控，那我這麼笨，會不會那個腦波控制對我根本沒用，那我就可以慢慢想辦法解救大家了！

芯瑩：（彷彿感受到熊奇奇的脆弱）奇奇……

熊奇奇：（哽咽的聲音更明顯）我其實也很害怕……萬一院長的解藥根本沒用呢？萬一……萬一她就這樣永遠變成超奇怪的邪教徒……那我要怎麼辦……大家要怎麼辦……我其實說我要留

下來是在賭氣，我很生她氣，我想要待在這裡等她來找我，我要罵她，平常都是她罵我，我要罵死她，為什麼可以這麼簡單被操控？……還敢說自己很聰明……現在不是根本跟笨蛋一樣嘛……

（熊奇奇情緒終於潰堤，芯瑩溫柔地抱住她。）

芯瑩：沒事的，我們要相信大家……

熊奇奇：（稍微振作，勉強擠出了開玩笑的語氣）還好死不死跟北村配對，這什麼爛CP，超沒觀眾緣的好嗎！

芯瑩：真的，院長一定會被他氣死。

（熊奇奇發洩完情緒，擦了擦眼淚。）

熊奇奇：芯瑩，對不起，還害妳要留下來陪我……

芯瑩：說什麼呢！我也想等北村過來給他用力打一拳啊！

（兩人相視而笑，氣氛似乎有些和緩了下來。）

芯瑩：我這陣子常常會想，如果店長在的話會怎麼辦。

熊奇奇：芯瑩，阿狗老闆不在了對不對。

芯瑩：……他……

熊奇奇：我看得出來，你們討論他的時候眼神不太一樣了。不過妳不要擔心，我想妳有妳的苦衷，我不會說的。

（芯瑩笑而不語，依然抱著熊奇奇，熊奇奇像是哭累的小孩一樣打了一個大呵欠。）

芯瑩：我們輪流守夜吧，妳去睡一下，接下來還有很多事情要做。

熊奇奇：可是——

芯瑩：（拿起熊奇奇的槍）別小看我，店裡哪個人沒有被我用槍打過！

熊奇奇：好……那我去休息一下，有狀況妳就馬上把我叫起來喔。

芯瑩：去吧！

（熊奇奇入內休息。確定熊奇奇進去後，芯瑩終於再也無法忍住自己的淚水，開始啜泣。她的哭聲迴盪在整個空間之中。）

◇◆◇

（過了許久，哭累的芯瑩坐著打起盹。這時候，欣欣無聲無息地走進。）

欣欣：芯瑩姐……

芯瑩：（驚醒，舉槍）欣欣？

欣欣：我是專程來這裡向妳道歉的。

芯瑩：叛徒！看看妳對自由新鎮做了什麼！

欣欣：抱歉，我只是必須完成組織交給我的任務……

芯瑩：妳到底是誰！

欣欣：對不起……我真的希望我真的是欣欣。我認識她，是我殺了她……

芯瑩：啊？

欣欣：小時候，我們被人蛇集團賣到了組織，他們訓練我們成為職業殺手。過程中其他人都死了，只有欣欣和我活到了最後。我啊，早就絕望了，但欣欣深信只要努力活著，總有一天可以回到哥哥身邊，我真的很羨慕……她跟我講了所有他哥哥的事，一遍又一遍——我也希望有這樣的一個哥哥……有個家可以讓我回去。

芯瑩：那妳為什麼要殺了她？

欣欣：……那是最後的測試，我們兩人只有其中一個能活下來……我把欣欣殺死的時候，心也死了……後來組織不管要我做什麼事，殺人也好、陪男人睡覺也好，什麼都變得無所謂了。直到他們要我扮演「欣欣」，來到她哥哥的城鎮，我的心還有回憶，才又全部活了過來。

芯瑩：……

欣欣：我想代替她，幫她完成心願，讓阿狗哥哥能再見到自己妹妹一面——

芯瑩：但妳卻對自由新鎮做了這些事！

欣欣：我沒有辦法……非常愛教真的很懂人心，越有感情，就越難放下，越害怕受傷，就越容易被控制，所以我已經決定要離開他們了。

芯瑩：什麼意思？

欣欣：我，沒有辦法再假裝不在乎，我不想再傷害自由新鎮，我想要贖罪……

（熊奇奇帶著球棒跑出。）

熊奇奇：叛徒！妳竟然敢出現在這裡！

芯瑩：（擋在欣欣面前）不是的……欣欣她背叛組織，是來投奔我們的。

熊奇奇：芯瑩，都什麼時候了，妳竟然還相信她的話。

芯瑩：我……我……

（突然，欣欣全身靜止。）

芯瑩：欣欣？

欣欣：芯瑩姐……快走……

芯瑩：妳怎麼了？

欣欣：（吼叫）快走！

（芯瑩驚嚇狂奔，欣欣掏槍四處射擊。）

芯瑩：欣欣！

熊奇奇：看吧，這個女人不可以信任！

欣欣：（努力壓抑自己身體的動作）不是我……我被控制了……我我……（再次開槍射擊）

熊奇奇：芯瑩，我們快走，說不定等一下其他教徒們就要到了！

芯瑩：不，我們要救她，她只是被控制了！

熊奇奇：妳瘋了嗎！

（欣欣接連開槍，兩人連忙躲藏。）

欣欣：（努力對抗）拜託……請妳們相信我……

（這時候，一聲槍響，欣欣倒下。）

廠長：等一下！

芯瑩：欣欣！

（廠長自暗處走出。）

芯瑩：廠長，是你！

熊奇奇：廠長，你終於回來了，自由新鎮現在——

廠長：鎮上發生的事我已經知道了，我是來處理這件事的。

熊奇奇：什麼意思？

廠長：（喊）站起來，一顆子彈就掛了算什麼臥底殺手！

芯瑩：不是的，欣欣她是被控制了——

（這時欣欣站起，面露兇惡殺氣。）

欣欣：（低沉地）我們是真愛，擁抱愛，享受愛，愛愛愛……

（欣欣和廠長出手過招，昏天暗地的戰鬥。）

（廠長被刀刺傷倒地。）

芯瑩：不要呀啊啊——

熊奇奇：廠長！

（欣欣搖搖晃晃地走向廠長，用槍抵著他的頭。）

芯瑩：不要，欣欣，拜託，不要——

廠長：別管我，妳們快逃吧……

（廠長覺悟似地閉上眼睛，沒想到欣欣卻在這時舉槍向天發射。）

欣欣：我不要這樣！

（欣欣拋開槍，卻又被迫舉起刀子。她掙扎著，要戰勝控制她的那股力量，往自己身上刺下。身中要害的她，終於倒地，不再動作。）

（芯瑩衝上前抱住她。）

芯瑩：欣欣、欣欣！

欣欣：芯瑩姐，對不起……我不是故意的……

芯瑩：不要再說了，我們要趕快找人幫忙——

欣欣：我好希望阿狗不要生我的氣……我不是故意假裝成他妹妹的……

芯瑩：阿狗他已經死了。

欣欣：死……了……

芯瑩：嗯，這是個秘密，我們把他葬在自由新鎮，其他人並不知道。

欣欣：這樣呀……真是太好了……欣欣和哥哥早就在天上團圓了吧。

芯瑩：別擔心……妳會沒事的……妳會沒事的……
欣欣：芯瑩姐，對不起，我說的每句話都是假的……但我是真的喜歡妳……
芯瑩：不要說這種話，妳會好起來的。
欣欣：我好像慢慢喜歡上這裡了……如果這裡也能是我的家，那就好了……
芯瑩：欣欣！欣欣——這裡永遠會是妳的家，我永遠不會忘記妳的……
欣欣：芯瑩姐，謝謝妳……謝謝……
（欣欣默默闔上了眼睛，芯瑩悲痛地抱著她，放聲大哭。）
（從外趕回來的小花、子瑄、昱葳看著這畫面震驚得什麼都說不出口。眾人一起肅穆地哀悼著。）
（燈光漸暗。）

註29：股票，RP梗，當看好某對CP時，觀眾會以「看股票」的狀態來對兩人關係進行觀察和描述，並以看好行情「入股」的「股民」自居，兩人感情的升溫降溫，就如同股票的漲跌一樣，對每位股民都至關重要。而當出現足以威脅兩人感情存續的危機時，也會為股民帶來「股票變廢紙」的心痛感和恐懼感。

第十場　反攻

（燈光亮起時，同樣在秘密營地裡，但已經過了一段時間。欣欣的屍體已經暫時被安頓到其他空間，熊奇奇正幫廠長包紮著繃帶。）

熊奇奇：好了！蝴蝶結！

廠長：大家都準備好了嗎？我們準備出發了……

小花：我們兩個不去真的可以嗎？

熊奇奇：妳們不用擔心我們啦，先躲起來就好。

昱葳：對啊，他們的首要目標都是情侶，一定會先拿妳們下手。

芯瑩：小花、子瑄，計畫確定記清楚了嗎？

小花：嗯。

廠長：再複習一遍。

小花：老大……

廠長：說。

小花：（不甘願地）修車廠已經被他們佔領了，所以絕對要避開那裡，我跟子瑄去她的車行找車，你們闖進醫院偷解藥，我們在車行等你們回來……

子瑄：拜託你們一定要平安回來——

芯瑩：一定會的，妳們也要好好的。

熊奇奇：放心！我們一定要一起逃出這裡。

（子瑄和小花與眾人擁抱後，依依不捨地離去。）

（見到小花離開，廠長搖搖晃晃地坐了下來。）

芯瑩：你的傷不要緊嗎？廠長。

廠長：我沒事！我會負責為妳們引開教徒，然後妳們再趁機闖入！

昱葳：廠長，跟我們一起行動吧！

熊奇奇：對呀，有你在，我們也比較安心。

廠長：但我現在身體這樣，一起行動也只會拖累妳們罷了。

芯瑩：廠長……

熊奇奇：可是……

（教徒呢喃聲，兩位教徒走進。）

廠長：去吧！把大家帶回來！

（穿著斗篷的教徒們湧上，廠長與教徒們過招，芯瑩、昱葳、熊奇奇三人趁機逃離。）

◇◆◇

（在混亂中，小花和子瑄避開教徒耳目，逃往車行。廠長帶著傷勢狂奔，將教徒引往和三女不同的方向。芯瑩、昱葳、熊奇奇拿著槍，拼命想抵達目的地。）

昱葳：趁現在，我們往這邊走！

（這時，又冒出一列教徒，將他們團團圍住，三人持槍以對。）

昱葳：（對空鳴槍）你們這是非法集會遊行，我命令你們立刻解散！

熊奇奇：對、對呀，不然我們就不客氣囉——

芯瑩：我們這次真的會開槍喔！

（教徒隊伍退開一步。其中兩人留在原地，他們拉下帽兜，是北村和小吉。）

芯瑩：北村！

昱葳：小吉！

熊奇奇：噢，天啊天啊……

小吉：昱葳，妳是認真用槍指著我嗎？

北村：芯瑩，請不要這樣，妳不是這樣的人——

芯瑩：不、不要過來！

小吉：昱葳，我知道我離開妳，加入非常愛教，讓妳很傷心——

北村：但在這裡我真的學到什麼是愛，什麼是真的快樂——

小吉：請妳不要對我們有偏見，我想拜託妳試看看。好嗎？

北村：加入我們吧，再次回到我身邊。

（昱葳、芯瑩動搖。）

熊奇奇：昱葳、芯瑩，別聽他們的，他們已經不是妳們原來認識的人了！

芯瑩：我沒辦法……我真的沒辦法……拿槍指著你。

昱葳：我真的好想一槍打死你，但我做不到——（轉頭）對不起，這樣真的太痛苦了！

熊奇奇：不、不——

芯瑩：熊奇奇，妳走吧。

（昱葳和芯瑩放下槍，同時接受小吉和北村的擁抱，昱葳和芯瑩被拖開，教徒們一擁而上，包圍住熊奇奇。）

（熊奇奇無助大喊，突然，有個紅斗篷人抓住熊奇奇。）

紅斗篷人：熊奇奇，快走！

（紅斗篷人引爆了一顆閃光彈，舞台瞬間籠罩在激烈閃光中。紅斗篷人趁機出手擊退教徒。在教徒們慌亂中，紅斗篷人和熊奇奇趁隙離去。）

◇◆◇

（場景轉換，紅斗篷人架著熊奇奇來到暗處。兩人氣喘吁吁。）

熊奇奇：你你你，你是誰！

（紅斗篷人喘著氣，拉下帽兜。）

小菜：是我。

熊奇奇：竟然是妳！……妳是誰？

小菜：也是啦，我們沒有見過。我是顧輕舟。

熊奇奇：顧輕舟？

小菜：輕舟……小菜……

熊奇奇：啊，妳就是小菜，我聽過妳——這到底是怎麼一回事？

（小菜接著倒下，被熊奇奇扶住。）

熊奇奇：小菜，妳受傷了嗎？到底怎麼回事？

小菜：我原本在國外進行秘密任務，回來後就發現自由新鎮變得好奇怪，他們以宗教為掩護，佔領自由新鎮作為犯罪組織根據地。於是我就開始臥底在他們裡面。

熊奇奇：那他們到底是怎麼控制大家的？

小菜：他們很久之前就已經把「腦波控制系統」安裝在酒吧裡，透過這套系統，黑暗組織監視我們的一舉一動，分析我們的人際關係，然後讓大家逐一被控制。

熊奇奇：妳為什麼不早跟我們說！

小菜：我不能暴露身份啊！而且，我有化名去電台點歌暗示你們。

熊奇奇：蛤？點歌？

小菜：每次都點歌的「萬重山」就是我本人。

熊奇奇：萬重山？啊，輕舟已過萬重山（註30）！

小菜：竟然現在才發現？你們……也……太……笨了……（昏厥）

熊奇奇：小菜，醒醒、醒醒。（陷入苦惱）她那時候到底點了什麼歌？啊啊……

◇◆◇

（黑暗中，謎之音傳來。）

謎之音：因愛生憂，因愛生懼，若離於愛，何憂何懼？佛陀涅槃經在幾千年前就已經揭示，人最脆弱的狀態，就是在面對感情的時刻。控制人的感情，就能控制了一切。自由新鎮的人，說實在的比我想像中單純呢，呵呵呵……

（燈亮時，場景回到酒吧。）

（熊奇奇持槍，小心翼翼地走進，向吧台前進。）

熊奇奇：出來吧……我知道你在那裡！出來——

（靜默，熊奇奇拿出手機，開始播放歌曲。）

熊奇奇：小菜化名在電台點的歌，全部都是Elvis的名曲，貓王貓王……幕後黑手就是你！你這個爛貓！

（這時，貓翻上吧台桌面，眼睛閃著紅光。）

謎之音：恭喜妳，成功來到了這裡。喝一杯慶祝一下吧。

（燈照亮一張桌子，上面擺放著一杯調酒。）

熊奇奇：我知道你在想什麼，我死也不會喝的。——什麼貓咪、小條、小石虎（註31）……隨便啦！總之，你這隻破貓，就是破壞自由新鎮的幕後黑手！

謎之音：虧妳還是記者。拿槍指著可愛的小貓咪，不怕被肉搜嗎？

熊奇奇：你根本就不是貓！你是機器！

謎之音：身為機器貓難道錯了嗎？（唱起《哆啦A夢》（註32）的主題曲）

熊奇奇：你是披著貓外皮的腦波控制系統，真正組織的幕後黑手應該是從很遠的地方操控你吧！馬的盜版哆啦A夢！

謎之音：是的話又怎樣？被洗腦成為非常愛教教徒有什麼不好？活在愛裡，從此無憂無慮——

熊奇奇：那種愛才不是愛！

謎之音：喔？那什麼才是呢？

熊奇奇：愛是……愛是……真實的，發自內心，就算遇到困難不會改變、不會屈服的！

（熊奇奇背後傳來聲音，她轉頭只見一個教徒脫下帽兜，是甜甜院長。）

熊奇奇：院長？

林甜甜：奇奇，放棄吧，加入我們這邊。

熊奇奇：這些都是假的，你們被控制了！

林甜甜：就算生活在本來的世界，我們不也被各式各樣的規定規矩給控制著嗎？

熊奇奇：我……我……

林甜甜：回到我身邊吧，雖然有些地方變了，但生活還是可以像以前一樣。

熊奇奇：那不一樣……

林甜甜：加入非常愛教，享受單純的愛與生活，不是更好嗎？

（甜甜院長一步步走向熊奇奇，接過她手上的槍。）

林甜甜：愛，決定我們誰最適合在一起，愛，讓我們有巨大的力量，可以保護最重要的人。

（甜甜院長突然轉身開槍，機器貓慘叫了一聲，跳下櫃臺，躲進後方。）

熊奇奇：甜甜院長，是妳——原來的妳——太好了！

謎之音：怎麼可能？

林甜甜：我在大衣口袋裡發現了一瓶解毒劑，上面有一張紙條寫著：相信自己，不要懷疑，喝下去就對了。看來我成功了——

熊奇奇：等一下，妳不是說失敗就死嗎？

林甜甜：………紙條上怎麼沒寫。

熊奇奇：院長妳拜託一下好不好，我之前才送妳去過醫院洗胃，可不可以不要再亂吃藥了？

林甜甜：這個之後再說，現在，我們要來解決牠。

（兩人大步走向櫃臺，這時貓卻翻上櫃臺。）

謎之音：太感人了，我在妳們身上彷彿看見了真正的「愛」——但妳們小小的愛，能夠抵擋所有人對「非常愛教」熱烈的愛嗎？

（這時，教徒們從左右湧入，將他們團團圍住，嘴裡喃喃唸著咒文。）

謎之音：放棄吧，加入非常愛教，讓我們分享愛，擁有愛，愛愛愛——

熊奇奇：院長，我們該怎麼辦？

林甜甜：奇奇，妳還記得我們之前在國外的特訓嗎？

熊奇奇：（欣喜）妳終於願意做了嗎？

林甜甜：（嘆了口氣）對，倒數吧——三——

熊奇奇：二——

林甜甜：一——

（甜甜院長和熊奇奇一起拿起哨子吹響，教徒們莫名所以的看向四周。）

（燈暗。）

謎之音：就這樣？哈哈哈哈——

熊奇奇：甜雞、奇雞，給我上！

（這時雞鳴聲響起，燈光再次亮起時，甜甜院長和熊奇奇以「JOJO立（註33）」於舞台一角，而舞台中央，甜雞與奇雞赫然出現在場中央。）

（甜甜院長和熊奇奇再次吹響哨子，甜雞、奇雞發動攻擊，與貓咪小條，展開一場激烈的大戰。）

（爆炸聲響，煙霧瀰漫。雞和貓一同翻下吧台。）

（所有教徒都動作靜止。）

林甜甜：甜雞？奇雞？你們在哪裡！

（靜默。）

（熊奇奇哽咽地靠在甜甜院長身上，這時兩隻雞（布偶）跳上櫃臺，以雞鳴宣告自己安然無恙，也宣告和平的回歸——所有人就像大夢初醒般開始動作，拉下帽兜露出本來面貌，奔向自己的愛人身邊。）

註30：出自唐李白七言絕句〈早發白帝城〉。

註31：作為受盡寵愛的店貓，其實每個酒客取的暱稱都不一樣。

註32：藤子・F・不二雄經典動漫作品。

註33：JOJO立（ジョジョ立ち），JoJo's Pose，出自荒木飛呂彥動漫作品《JoJo的奇妙冒險》，指作品中角色時常擺出的那種誇張浮誇風格的姿勢。

第十一場　回歸

THE 自由新鎮 1.5 STAGE

戀愛之神與祂的背叛者們

（自由新鎮回到了日常，舞台用燈光在不同的場景間切換。）

（糰子和小柯在一個腳踏車車禍現場，有兩名死者倒在地上彈跳。）

糰子：（對著對講機）我是糰子，我已經和小柯醫生在嚴重車禍的現場了——現場兩名駕駛活跳跳地倒在地上，性命垂危。

小柯：（蹲下救治）呼，自由新鎮恢復和平後，我就變得超忙的……

糰子：所以你比較懷念以前非常愛教的時候嗎？

小柯：不是啦。

糰子：還是你比較喜歡和芮交往？

小柯：沒有啦

糰子：還是 Terry？

小柯：吼呦，妳要用這件事笑我多久啦……

糰子：因為你都不說，你最喜歡跟誰在一起呀？

小柯：喔，妳啊！

糰子：（嚇一跳）你、你去哪學的？

小柯：經過這一次，我學到了有愛就要大聲說（對著觀眾席喊）小森糰子，我愛妳。

糰子：不要這樣啦，好丟臉喔。

小柯：小森糰子！請問我可以親妳嗎？

糰子：也太突然了吧……至少也要浪漫一點。

小柯：浪漫嗎？好，妳等我一下……（左右張望）我可以的。

糰子：沒關係啦，下次再說——

小柯：不！我就是要現在！只要向上帝誠心祈禱，願望就會實現——對吧，上帝（註34）！

（小柯伸手向天。）

上帝：嗯？喔。

（一大束花從天而降，小柯將它撿起，糰子又驚又喜。）

小柯：糰子，我想跟妳說，我決定不去美國，是因為留在有妳的自由新鎮，比去任何地方還要重要。

糰子：小柯，我、我——

（這時兩個死者復活，跳了起來。）

死者A：怎麼，車拼輸了吧！

死者B：明明就是你先死掉的！

死者A：屁啦，是你！

小柯：你們不要吵架，警察在這裡——

（糰子立刻掏槍打死兩人，小柯驚訝，糰子上前抱住小柯，將他放倒熱吻。）

糰子：好了，你現在可以去救他們了。（甜笑）

（燈光轉換。）

◇◆◇

（警局，昱葳和小吉正在值勤站崗，小吉旁邊放了一個大袋子。）

小吉：喂，妳婚禮想穿成什麼樣子呀？

昱葳：你管我——（深呼吸，心平氣和）小吉，你有什麼想法嗎？

小吉：我想說我們也許可以互相搭配一下，配成一對——

昱葳：那你有希望我穿什麼樣子嗎？

小吉：喔，就穿這樣——（拿出一件白色洋裝）

昱葳：（欣喜）啊，你怎麼知道我喜歡——不行！不行！穿得太像新娘，我會被小花掐死的。

小吉：真的不行嗎？這是我特別選的，也許這次穿完，下次換我們——

昱葳：下次換……我們什麼？

小吉：（深呼吸）昱葳，我聽芮說了，我、我、我一定會為妳的肚子負責的！

昱葳：呃，可是我只是……變胖了……

小吉：這樣啊……沒關係……我還是會負責的……我們可以每天去健身房——

（昱葳抱住小吉。）

昱葳：雖然變胖打擊蠻大的，但我還是要謝謝你。

小吉：呵呵……

昱葳：這件我就先沒收！
小吉：沒收？
昱葳：笨蛋，我才不要在別人婚禮穿這個咧。
小吉：不喜歡，我可以拿去退呀！
昱葳：笨蛋，等下次換我們的時候再穿囉。
小吉：可是可是，昱葳，這個很貴耶……
昱葳：你——（改口）奇怪？雖然是變胖，但為什麼只胖肚子咧？
小吉：等等，什麼意思？
昱葳：好想吃酸的喔——（假嘔）
小吉：啊？啊？等一下，等一下——
（小吉追著昱葳下場，燈光轉換。）

◇◆◇

（酒吧。）
（妘芮靠著吧台唉聲嘆氣，Terry 為他上了一杯酒。）
妘芮：唉，我命中注定的人怎麼還沒出現呀……
Terry：慢慢等吧，也許，某天你就會發現她突然出現在你眼前——

（妘芮和 Terry 兩人對上，凝視靜止，兩人立刻轉開臉，渾身抖動。）

妘芮：噢，幹！太危險了、太危險了，看來我的晶片效果還沒有消退——

Terry：我的也是，但如果……

（小菜這時走進。）

小菜：如果什麼呀？

妘芮：那個，輕舟同仁，我跟他真的沒有什麼情感關係——

小菜：喔？那肉體關係呢？

妘芮：呃——

Terry：嗯，我可以解釋。

小菜：真香呀，我不打擾了。

妘芮：輕舟同仁、輕舟同仁——

（妘芮追著小菜離去，一名打扮跟王芯瑩一模一樣的女子走進。）

Terry：店長？妳要出去嗎？店長？

（芯瑩分身出拳，Terry 被揍，倒下（註35）。）

（燈光轉換。）

◇◆◇

（場景轉換至阿狗的墓，旁邊並列了另外一個墓。）
（北村、廠長和芯瑩獻花給兩座墓。）
廠長：……我想她應該會喜歡這邊。
北村：是呀，阿狗一定會收她當乾妹妹的。
芯瑩：如果欣欣——不知道她真的名字叫什麼？
廠長：沒關係，就還是叫她欣欣吧。
芯瑩：嗯，如果她不是用殺手的身份，而是自己來到自由新鎮，那該有多好。
廠長：很難吧，除非她能夠拋開她在黑暗組織的過去。
芯瑩：她當然可以！自由新鎮是個不在乎過去，只迎向未來的地方，這裡歡迎每一個人。
廠長：說的也是。
北村：事情終於都結束了……
廠長：不。
北村：啊？
廠長：組織不會那麼輕易放過這裡的，這次的事件只是冰山一角，外面也還有其他勢力想要染指我們這個地方。未來，自由新鎮還有很多場硬戰要打——
北村：廠長，你真的又要離開了嗎？
芯瑩：留下來嘛，和我們大家一起。
廠長：（搖頭）離開這裡，是為了用我自己的方式保護自由新鎮。——你們還有一場婚禮要去參加，不是嗎？

芯瑩：啊，時間快要來不及了！

廠長：你們快去準備吧——

（芯瑩和北村眼見勸說無效，無奈離去。）

（廠長獨留一陣，準備起身離開。）

（突然，他發現包包裡多了什麼東西。拿出一看，是一套西裝。（註36））

◇◆◇

（場景轉換，婚禮會場，眾人手忙腳亂地佈置著。）

（司儀 Terry 走到舞台中央，示意準備開始。親友們身著正裝，緊張地列於兩側。）

Terry：歡迎各位嘉賓蒞臨，葉小花和李子瑄的結婚典禮，這段愛情一路走來十分不容易，就讓我們在朋友的祝福中，歡迎我們的伴郎伴娘進場。

（芯瑩和北村，各從左右兩側進場，接受大家的掌聲。）

Terry：接著歡迎我們最美麗的新娘——李子瑄進場。

（子瑄穿著美麗的婚紗進場，走到芯瑩身旁。）

Terry：接著歡迎我們最美麗帥氣的新娘——葉小花進場。

（小花穿著美麗的婚紗進場，走到北村身旁。）

（Terry 念著司儀串場的吉祥話，提醒觀禮的大家如何和新娘互動。小花和子瑄在北村和芯瑩的協助下，穿過長長的走道，走向宣誓的舞台。）

（廠長突然出現，一把拉開北村，握住小花的手，牽著她走完這條路。眾人又驚又喜。）

（廠長將葉小花交給李子瑄，大力地抱了子瑄一下。終於，小花和子瑄在台前相對，兩人激動地看著彼此。）

小花：子瑄，謝謝妳一直陪在我身邊，經過了那麼多事情，我才發現，我真正想要的東西真的不多，只要有妳在我身邊，就是我最大的幸福。

子瑄：小花，經過這一切，我更加確定有妳在身邊真是太好了，未來會變成怎樣我們不可能知道，但我知道現在，我很高興能和妳在一起。從今天以後，我想要永遠和妳一起——擁抱愛，享受愛，愛愛愛！

（小花和子瑄相視而笑。）

小花：子瑄，請問妳願意和我結婚，幸福快樂直到永遠嗎？

子瑄：小花，請問妳願意無論貧窮還是富貴，生病還是死亡，都陪伴在我的身邊嗎？

小花：我願意！

子瑄：我也願意！

（兩人接吻，眾人歡呼，所有人沉浸在幸福當中。）

熊奇奇：太感人了嗚嗚嗚嗚。我去放影片。

（眾人繼續慶賀，在Terry的話語中，投影幕漸漸降下。）

Terry：謝謝各位嘉賓蒞臨，葉小花和李子瑄的結婚典禮，這段愛情一路走來十分不容易，許多無法到場慶祝的朋友，也特地捎來錄影，獻上他們誠摯的祝福。這段影片………欸欸欸欸欸我還沒講完欸，好啊反正我就是無聊又沒爆點啊（註37）。

（影像中，是眾人的祝福錄影和熊奇奇為大家記錄下的點點滴滴。其中，也包括了欣欣在酒吧，笑著和大家渡過的那些時光。）

（劇終。）

註34：新鎮RP梗。由乃哥所扮演的神父、導遊也兼任上帝，有時會應劇情需要提供協助。

註35：此即前述註解3所說之「分靈體」，外貌和本人一模一樣但行為十分暴力。另外，王芯瑩是眾所周知的海嘯女王，此處出現之分靈體，應是她離開酒吧前海嘯所製造。

註36：RP梗，玩家時常以給予物品的功能偷塞東西到他人包包（行囊）中。此處原劇本並未指明限定，但演出詮釋後被觀眾點出，故於此版本收錄之。

註37：「無聊又沒爆點」，為飾演Terry的實況主小六的自嘲內梗。

特別番外篇

自由新鎮 1.25

◆

那些發生在《自由新鎮1》和《自由新鎮1.5》之間的故事。

花瑄篇《媽媽vs媽媽》

◎第一場※

（廠長離開自由新鎮後的隔天，小花讀完他留下的告別信，離情難捨。子瑄見小花情緒低落，於是陪伴在她身旁，兩人開車在鎮上四處兜風。回程車上，兩人聊起領養小孩的想法。）

子瑄：等這幾天有空，我們就查一下領養小孩的事情吧。

小花：妳有想過要領養怎樣的小孩嗎？

子瑄：倒是沒有，又不是買東西還可以挑。看哪個小孩投緣吧。

小花：也是啦（笑）。如果真的領養了，我其實未來也只希望他過得開心就好，不會餓肚子，有衣服穿，有溫暖的床可以躺。

子瑄：對了，那之後小孩要怎麼叫我啊？叫我媽媽？

小花：呃，就看他自己想要怎麼叫吧？

子瑄：是這樣子？那我們兩個一起領養，他就有兩個媽媽，然後叫媽的時候，萬一兩個人都回頭，他不就很困擾？

（小花對於這個話題，感到有些超出腦袋極限，支吾了起來。）

小花：呃……我們才剛領養他應該也叫不出口吧，這個之後……之後再討論吧！

子瑄：嗯，也是。不過聽說單身的人比較難領養，好像夫妻會比較容易一點。

小花：……。

子瑄：再看看篩選條件好了。

（兩人抵達海邊的家。）

子瑄：到家了。

小花：有小孩之後，他就要跟我們一起生活了。

子瑄：恩，可能要花一段時日適應吧。

小花：我……我一定會讓他過上舒服的日子，不會讓他餓肚子。但我不會教小朋友，妳是老師，就靠妳教他囉！

子瑄：這當然啊。（抬頭）星星很多欸。

（兩人散步到屋後的海邊。）

小花：今天本來想要好好的在這個鎮上多繞一點……

子瑄：也不用急著逛完啊，未來日子還那麼長。

小花：所以，妳未來都會跟著我一起？

子瑄：說什麼啦。

小花：我是說陪我一起……仔細想想，其實我一直沒有什麼目標。

子瑄：妳好像跟我講過一樣的事。

小花：我以前都想著要好好賺錢，讓自己體驗富有的生活後就自我了斷。現在沒有賺錢的目標後，好像就不知道要幹嘛了。

子瑄：妳不會再做傻事吧？
小花：不會啦，我答應妳了不是嗎。現在只要能夠這樣子跟妳在一起，我就已經滿足了。
子瑄：別這麼說啦。
小花：妳呢？妳來自由新鎮這裡的目標達成了嗎？
子瑄：我哪有什麼目標，我來這裡就只是逃避事情而已。
小花：那我們兩個現在的共同目標，就是認養一個孩子，然後一起陪他成長囉？
子瑄：嗯，對。其實我覺得有沒有目標倒是其次啦。現在如果每天生活都是一點一點開心的話，沒有目標也是可以的啊。我聽說人啊，開心佔了一半，難過也佔了一半。如果過去太難過了，那代表接下來的日子就該開心。
小花：所以我們難過過了，接下來就是開心囉。
子瑄：是啊。我小時候也是過得平平凡凡的，所以每次聽到妳的事情就會覺得，啊我以前真是個幸福的小孩。我希望上天是公平的，既然上天以前拿走妳這麼多東西，那也該還給妳了。
小花：有啊，我覺得祂還給我了。
（沉默，盡在不言中。）
小花：走吧，屋外很冷。
子瑄：嗯。
（兩人一起走向屬於她們的家。）

※第一場內容為自由新鎮RP（2019/06/30）花瑄線劇情之文字化，為符閱讀需求及銜接，在此稍作微調精簡。

◎第二場

（酒吧裡，小花與妘芮等警局成員一起坐在座位區，討論著申請下來的文件。）

妘芮：基本上，之前的紅燈違規紀錄我們有繳納罰鍰之後都是可以註銷的。可是黑幫的部分……

小花：局長，我就算不是人質，也算是那個什麼……污點證人？不會有前科吧？

小吉：這部分之前已經釐清過了，應該是可以不用太擔心。

妘芮：是啊，應該不用太擔心。

小花：那就好。謝謝局長。

昱葳：不用謝啦，應該的。

（小柯走進酒吧。）

小柯：Terry，我跟小花他們有約……

小吉：小柯醫師，這邊！

（小吉招手，小柯走進。）

小柯：不好意思啦，最近醫院人手不夠，害妳還必須跑去隔壁鎮……

糰子：妳受傷了嗎？還是生病了？——

小花：不是啦，我只是去做健康檢查。

小柯：結果還好嗎？有沒有需要我協助——

小花：不太好，我體脂肪好像又下降了，我最近明明宵夜都一直在吃漢堡的說。

昱葳：（發抖，握拳）小花，雖然我們是朋友，但我的拳頭已經硬了——

小柯：沒事就好，很多人都是覺得身體不太妙了才去做健檢，有時候發現狀況都已經太晚了。

昱葳：小花、子瑄，妳們最近是不是到處申請各種資料？我記得上次妳們不是才去戶政事務所和銀行？難道……

糰子：妳們要申請移民嗎？哪個國家？不行啦，連妳們都走了，我會很捨不得耶！

子瑄：不是啦——其實，我們計劃要一起收養小孩。

糰子：真的嗎？

昱葳：恭喜耶！

子瑄：雖然不知道什麼時候才能成真，但想說先把各種資料都先準備好，要用就有。

小花：我還找到不知道是真還是假的族譜，上面寫我的祖先是狗狗耶！

糰子：啊，好可愛——

小花：太扯了吧！

小吉：小花，妳的祖先要從狗變成人，首先要經過一個過渡的階段——

昱葳：我好像已經猜到你要講什麼了。

小吉：他們必須先變成——狗、男、女，哈哈哈——

（小吉發現全場冰冷的視線。）

小吉：對不起。

Terry：……其實還蠻好笑的啦，呵呵。

小吉：啊啊這種憐憫的笑聲我不要。
昱葳：有就要偷笑了。
糰子：對了，如果妳們收養了小孩，誰要負責照顧呀？
小花：當然是我們兩個一起照顧呀。
（芯瑩端酒走來。）
芯瑩：妳們真的很令人佩服耶。來，這杯酒我招待，子瑄、小花，祝妳們順利！
北村：真的，敬妳們！
（眾人舉杯祝福。）
昱葳：不過，妳們有沒有想過如果有了小孩，生活是不是都會變成以小孩為主啊？
小吉：對啊，要多負擔一個人的開銷，奶粉錢、尿布錢。
小柯：沒有假日，二十四小時待命。
妘芮：意見不一樣的時候也可能會吵架。
子瑄：這些，我想我們應該都有心理準備了啦。
小花：是啊。
芯瑩：那妳們有想過要自己帶還是請人家帶嗎？
北村：廠長不在，廠裡剩我們兩個，子瑄妳應該也不太適合帶著孩子跑單吧？
小花：是這樣沒錯啦……
芯瑩：要為另外一個生命負責，陪伴他長大，不知道是什麼感覺。

子瑄：雖然覺得自己辦得到，但還是很難想像呢。（看向小花）很多事情想是一回事，到時候遇到了，才知道真的會怎樣吧？

小花：嗯，但這樣才有意思，不是嗎？

（小花和子瑄兩人對視而笑。）

昱葳：沒關係，如果妳們忙不過來，我們大家可以一起幫忙帶呀！就像伊奇養在警局那樣。

妘芮：還說咧。前天葳跟 Danko 在局裡玩生存遊戲，結果嚇到牠了，這兩天牠看到我們都會抖。

小吉：呃芮，那不是生存遊戲，她們那次真的想殺了你！

（昱葳和糰子微笑，目露凶光。）

妘芮：各位同仁，不要這樣嘛！有話好說……

子瑄：伊奇現在有好點了嗎？

小吉：不太好，我有上網查，覺得牠可能有輕微的憂鬱症。

妘芮：我好像也是耶，要不要關心一下我——

糰子：（無視妘芮）還是說換個環境轉換心情？

昱葳：啊，子瑄、小花，妳們家在海邊對吧？如果讓伊奇去跟妳們住一陣子，妳們覺得怎麼樣？

子瑄：來我們家？

小柯：海邊聽起來蠻適合的欸。

糰子：對欸，而且也能讓妳們體驗一下照顧小孩的感覺。

北村：呃，照顧小狗，應該和照顧小孩還是不太一樣吧？

妘芮：對呀，不然也是可以換成照顧我啦——

眾人：（齊聲）誰要啊！

子瑄：能幫上忙的話我很樂意……小花妳覺得呢？

小花：嗯，試試看吧！

妘芮：如果妳們有辦法好好照顧伊奇，那就代表照顧小孩也——很難說！

（昱葳和糰子拳頭揮向妘芮，妘芮伸手防禦。）

妘芮：各位同仁請冷靜，我只是實話實說嘛！

（昱葳和糰子繼續追打著妘芮，妘芮逃跑。）

◎第三場

（花瑄家，小花起床，神清氣爽。）

小花：伊奇，早安。（看牠的飼料碗）哇，你吃這麼快啊，等等我喔，立刻來幫你補。

（伊奇繞著小花瘋狂打轉。）

子瑄：怎麼了？

小花：妳看，牠好厲害喔，肚子餓都會跟我們說。

子瑄：我覺得，牠看起來，比較像是想要上廁所……

小花：啊，是這樣嗎？抱歉抱歉我剛把門關上了。

（小花開門，伊奇「汪」地叫了一聲，急奔去解放。）

小花：妳怎麼什麼都知道，真的是太厲害了，

子瑄：我覺得妳比較厲害。

小花：啊？有嗎？

子瑄：對啊，妳真的很疼伊奇，牠也很聽妳的話。——都可以想像妳帶小孩的樣子了。

小花：（有點不好意思）其實我沒有在疼牠啦，我只是把伊奇當朋友啦。跟牠一起玩，朋友有需要幫忙的時候就幫忙，就只是這樣啦。

子瑄：還說妳的祖先不是狗狗。

小花：喂——

子瑄：如果妳也是這樣帶小孩的話，我覺得很安心。

小花：好！那以後我負責和小孩當朋友，妳就負責當老師教他事情，就像我們照顧伊奇這樣。

子瑄：這樣不對吧，我也太吃虧了——唉，如果照顧小孩和照顧伊奇一樣簡單就好了。

小花：一樣啦。伊奇，來，我是「小花馬麻」，知道了嗎？

子瑄：什麼啦，在那邊亂教，牠怎麼聽得懂——

伊奇：（對小花，叫聲音近小花馬麻）汪汪汪汪！

子瑄：真的假的！那伊奇，「子瑄馬麻」！

伊奇：（對子瑄，叫聲音近子瑄馬麻）汪汪汪汪！

（兩人又驚又喜。）

子瑄：牠會叫我了！

小花：天哪，你好棒喔伊奇！來，我要給你獎品！

子瑄：什麼獎品？

小花：登登！可愛的小肚兜！

（伊奇又叫了一聲。）

子瑄：駒葉小花！妳又亂花錢喔？

小花：這不是亂花錢，這叫寵小孩。伊奇來，小花馬麻幫你穿衣服喔。

（小花邊開心哼歌，邊幫伊奇穿上肚兜。）

（門鈴響。）

子瑄：我去開門，應該是他們來了。

（警局眾人來訪。）

小吉：伊奇，有沒有乖！

昱葳：妳們家好棒喔，離海邊那麼近，每天起床都可以看到海，好好喔！

小花：但離市區比較遠就是了。

糰子：我覺得伊奇已經比之前好多了！

妘芮：伊奇，汪汪汪！

伊奇：汪汪汪汪！（ザワールド！）

小吉：局長，你是在跟牠對話嗎？

妘芮：當然。這是時よ止まれ的狗語版。

子瑄：牠真的很聰明欸。

妘芮：當然，我們警局出品的，在我的帶領下都一樣聰明幹練！

子瑄：我們兩個第一次照顧小狗，幸好都還蠻順利的。

昱葳：太好了，看來我們白擔心了。

子瑄：怎麼了嗎？

小吉：沒事啦，哈哈哈——

小花：你們……是不是有什麼沒告訴我們？

小吉：呃，之前忘記跟妳們說，牠有時候白天吃太飽，晚上就會睡不著喔！

子瑄：我們餵食還算定時定量對吧，小花？

小吉：但如果牠白天吃不飽，晚上就會自己開冰箱喔。

小花：太……太可愛了。

糰子：有時候天氣冷或天氣熱，或天氣不冷不熱，牠都會不停亂叫。

小花：那不就隨時都在叫了嗎？

小吉：不，牠去隔壁家清貓砂盆的時候還蠻安靜的。

小花：狗清貓砂盆？牠是貓奴嗎！

昱葳：不是啦，牠只是去亂踢一通，弄得到處都是砂而已。

糰子：對呀，害我們要跟鄰居道歉！

昱葳：如果外面有什麼動靜，有時候牠還會被嚇到尿出來。

糰子：而且緊張時還會拉肚子。

子瑄：呃，也太像壓力太大的考生了吧。

小花：可是伊奇前幾天都很乖，沒什麼情況啊？

（警局眾人同時看著兩人，搖搖頭。）

昱葳：我們當年也曾這麼天真……

小吉：狗兒心，海底雞，你永遠不會知道接下來面對的是什麼……

糰子：噢，孩子，你怎麼還不快快長大——

小花：你們現在在說的是人，還是狗？

糰子：記得喔！一定要把妳們最貴重、最寶貝的東西收好！不要像我們一樣……

（昱葳、小吉、糰子各自想起了什麼東西被毀壞的回憶，淚目相對。）

妘芮：兩位偉大的母親，如果妳們後悔照顧伊奇的話——（轉為懇求哭喪臉）可以等到我們月底忙完再後悔嗎？拜託！

小花、子瑄：（乾笑）別擔心……我們會照顧好牠的……

（兩人不安地轉頭看向伊奇，伊奇彷彿也感應到似的，對著兩人親暱地吠叫兼搖尾巴。）

◎第四場

（深夜，小花和子瑄房裡睡得正熟，突然外頭傳來伊奇的狂吠，兩人被吵醒。）

小花：天呀，又來了。牠怎麼都要挑這個時間叫？

子瑄：（邊打呵欠）網路上說，狗狗到了新地方會比較敏感。

小花：可是牠已經兩個星期晚上不睡了耶！難道牠是——夜貓子？

子瑄：是狗。

小花：不管啦！（大喊）伊奇！晚上不睡覺，白天會沒體力喔！

子瑄：牠白天也可以睡啊。

小花：但我們白天不能睡啊！

（小花用枕頭埋住自己的臉，子瑄從床上坐起。）

子瑄：好啦，我去看一下牠，妳繼續睡吧。——以後有小孩，我想應該就是這樣吧。

（小花立刻從床上彈起。）

子瑄：幹嘛？

小花：這也是我的事呀！我就算再累，也不會把這些事情都丟給妳處理的。

（子瑄對小花微微一笑。）

子瑄：那走吧，我們一起去看看伊奇怎麼了吧！

（子瑄和小花來到客廳，只見遍地凌亂，全都是伊奇的傑作。）
（伊奇在角落打呼熟睡。）

子瑄：伊奇這傢伙，竟然馬上睡到打呼——

小花：牠果然聽得懂我的溫情喊話……妳先回去睡吧，我來收拾。

子瑄：不然一起收吧，這樣比較快。

（兩人邊收拾物品，小花忍不住嘆了口氣。）

子瑄：妳累了？

小花：不是，我只是在想，北村說得對，照顧小狗跟照顧小孩真的不一樣。

子瑄：恩，是不一樣。但我們應該都會努力教他應該知道的事情，和他一起生活，一起長大吧。

小花：萬一教不會怎麼辦？

子瑄：別擔心，我們有很多時間啊。

（小花忍不住笑了。）

子瑄：笑什麼？

小花：我很喜歡聽妳說「我們」。

子瑄：嗯，我也很喜歡我們現在這樣。

小花：子瑄，（深呼吸）妳覺得我們兩個人……以後會變成怎樣？

子瑄：（搖頭）我不知道，能像現在這樣繼續開開心心就好了。

小花：嗯，像現在這樣嗎……只是有了孩子，我們的生活一定會變得很不一樣。
子瑄：小花，妳該不會不想要收養小孩了？
小花：不，剛好相反。
子瑄：啊？
小花：我想我準備好了。
子瑄：小花，那個——
小花：（打斷）改變現狀有點可怕，但不改變的話，我們就永遠不知道結果會變成什麼樣子。
子瑄：葉小花！聽我說！
小花：是……
子瑄：聽到妳說的這些，我很高興。
小花：那就好。
子瑄：但我要告訴妳——伊奇把妳最常穿的外套給咬爛了。
小花：什麼？這隻可惡的狗，看我怎麼修理你！伊奇——伊奇——
子瑄：不要吵醒牠！我們就這樣去睡覺了，好嗎？
小花：好啦……可惡，我很喜歡這件的說，嗚嗚嗚。
（隔天，工作結束的小花邊打呵欠，邊走進家門。客廳裡又是一片凌亂景象。）
（小花靠坐沙發上，很快地打起瞌睡。）
（這時，子瑄帶著洗衣籃走進。子瑄見小花熟睡，拿了塊毯子披在她身上。）

小花：（睡眼惺忪地）子瑄……

子瑄：吵醒妳了？抱歉。

小花：剛才回來沒看到妳。

子瑄：我看今天出太陽，把被子拿到外面去晾——

（子瑄話還沒說完，小花再次打了一個大呵欠。）

子瑄：辛苦了，今天很累吶？

小花：沒有啦，就只是最近都沒睡好——（苦笑）我們怎麼會以為照顧小狗很簡單啊，哈哈。

子瑄：哈哈，呵——

（換子瑄打呵欠。兩人看向彼此，忍不住笑了出來，笑完卻一起嘆了口氣。）

子瑄：喏，妳看，妳的外套我幫妳補好了呦。

小花：也太強了吧，根本看不出來被狗咬破的地方。

子瑄：仔細看還是看得出來……補過的痕跡就算再不明顯，也永遠不會消失。

小花：子瑄，妳還好嗎？

子瑄：妳有沒有想過……伊奇會這麼鬧，是因為討厭我們？

小花：怎麼會！

子瑄：我們沒問過伊奇，就把牠帶過來這裡，牠會不會其實不太開心？

小花：那也是沒辦法的呀，伊奇也才來幾天，就跟交朋友一樣，熟悉是需要時間的嘛！

子瑄：就算我們把牠照顧得再好，我們也不會變成警局的大家。

小花：妳是說……我們應該把牠送回去嗎？

子瑄：也許這樣對伊奇比較好。

小花：嗯，我懂了。

（子瑄握了握小花的手，兩人沉默。）

小花：那──我去發車，妳去帶伊奇吧。

子瑄：好。（喊）伊奇──伊奇──

（子瑄四處尋找伊奇，小花掏口袋，發現手機不在身上。）

小花：我的手機呢？

子瑄：奇怪，之前叫兩聲，伊奇都會自己跑出來的呀。

小花：牠沒有睡在妳的枕頭上嗎？

子瑄：什麼？枕頭！（喊）啊，該不會──

（子瑄拉開落地窗窗簾，只見玻璃門開啟了一道縫。）

子瑄：天哪，牠一定是從這裡跑出去了。

小花：狗不是都會自己回來嗎？

子瑄：牠才剛來到這裡，對這附近又不熟……

小花：妳不要急，我想牠應該還沒走遠，我們快去找牠吧！

子瑄：嗯！

◎第五場

（小花在海邊尋找伊奇。夕陽餘暉中，海浪一道接著一道淘洗著沙灘。）

小花：伊奇——

（子瑄氣喘吁吁地跑近。）

小花：子瑄，怎麼樣，伊奇有跑到街上嗎？

子瑄：沒有……

小花：到處都找過了，才一下子可以跑去哪裡？

子瑄：都是我的錯。

小花：子瑄……

子瑄：為什麼伊奇要跑走？牠一定是聽到我的話，以為我們不想要牠……

小花：不要再怪自己了，我們先想辦法找，沒事的。

子瑄：妳看，那是——

（子瑄指向浪花間，一條布巾載浮載沉。小花連忙上前撿起。）

小花：這是……伊奇的小肚兜！

子瑄：該不會——不，伊奇！伊奇——

（子瑄向著大海叫喊，聲音被浪濤聲吞沒。）

（夕陽西下，子瑄和小花呆坐在海邊，看著大海逐漸沉浸在幽藍的夜色中。）

小花：子瑄，別哭了。
子瑄：（懊悔地）我現在沒有辦法跟妳講話。
小花：不管怎樣，我們先回家吧……
子瑄：都是我害的……
小花：別再說這種話了，我們先回去，之後再想其他辦法。
子瑄：還有什麼辦法好想？
小花：我們……可以……去觀落陰？
子瑄：小花！
小花：不是啦，我是說那個、那個……去找寵物溝通師幫我們通靈。
子瑄：還不是一樣！
小花：不管怎樣伊奇是絕對不會怪妳的，妳對牠那麼好……要怪也是怪我，不耐煩就開始兇牠。
子瑄：小花……
小花：這是意外，不是誰的錯。
子瑄：我知道，只是……大家知道了，一定會很難過的……
（小花安慰沮喪的子瑄，輕輕摸了摸她的頭。）
小花：遲早要跟大家說的，我們可以一起面對，就不用害怕。
子瑄：嗯……

◎第六場

（小花和子瑄抱著忐忑不安的心情來到警局。）

昱葳：啊妳們來了啊！

小花：昱葳，對不起，我們——

（正當兩人準備開口道歉時，小吉抱著伊奇從更衣室走出。一看見花瑄兩人，伊奇立刻從小吉懷中跳下，親熱地撲向子瑄。）

小花、子瑄：伊奇！

子瑄：伊奇，太好了！幸好你沒事。

（子瑄抱著伊奇，忍不住哭了出來。伊奇柔順地待在子瑄的懷裡，好像在安慰她。）

妘芮：哇，這邊是什麼大團圓的劇情嗎？

昱葳：小花，妳們還好嗎？

小花：我們快被嚇死了，牠什麼時候跑回來的？

小吉：幾個小時前吧，我們剛才一直想說怎麼只看到伊奇，打妳們電話也都沒人接。

子瑄：我們一直在家附近找，還擔心牠是不是跑到海邊被浪捲走……

小吉：牠之前有幾次也這樣，我都懷疑新鎮的路牠要比我還熟了。

子瑄：我還以為牠聽到我們要送牠回來，氣到離家出走。

糰子：（遞紙巾）現在沒事了。

昱葳：牠應該是聽到可以回來了，迫不及待想回到崗位上了吧。
妘芮：伊奇巡警，時よ止まれ？
伊奇：汪！汪！（ザワールド！）
糰子：子瑄，真的很謝謝妳們的照顧，牠比之前有精神多了！
子瑄：伊奇，子瑄馬麻跟小花馬麻要把你還給警局了喔，你要好好上班，打擊犯罪喔！
（子瑄平復心情，擦乾眼淚，摸著伊奇的頭。）
伊奇：汪！汪！

◎第七場

（子瑄和小花走出警局，頂著滿天星斗走在街上。）
小花：好點了嗎？
子瑄：好多了。（深呼吸）小花，謝謝妳。
小花：謝什麼啦。……不過連狗都照顧不好，妳覺得我們真的有辦法帶好小孩嗎？
子瑄：（搖頭）我不知道，那很不一樣。但我現在才知道，為他快樂，為他擔憂，想放手又捨不得，原來這就是做父母的心情嗎。
小花：這樣對心臟很不好欸。
子瑄：是啊，可是有機會的話，我還是想經歷更多。而且——

小花：什麼？

子瑄：而且還有「小花馬麻」陪著我啊。

（聽到這句話，小花不禁看向子瑄，想知道她此刻臉上是什麼神情？但當子瑄轉頭看向小花時，小花又裝作沒事地看著前方，兩人安定地並肩走著。）

子瑄：真好……

小花：嗯？

子瑄：能像這樣安安靜靜走在一起，不講話也不會覺得尷尬，真的是太好了。

小花：……子瑄。

子瑄：嗯？

小花：我……我真的可以一直陪在妳身邊嗎？

子瑄：笨蛋。這個問題應該要問妳自己吧？

小花：喔……好。

子瑄：走吧，回家吧。

小花：嗯。回家吧。

（星空下，兩人的車子朝著回家的方向，平穩地奔馳而去。）

柯糰篇《最棒的約會》

◎第一場

（今晚的警局，只有女性同仁們值班。）

小菜：欸，妳們還記得北邊那個大麻採集場嗎？

糰子：不是已經被我們封掉了嗎？

昱葳：對啊，我們那時候光是把那些大麻清理乾淨，就快累死了。

糰子：為什麼突然說到這個，怎麼了嗎？

小菜：上次我剛好經過，發現大麻田又長出來了。

昱葳：怎麼會？該不會是有人偷偷進去「做園藝」吧。

小菜：感覺不像，應該是我們那時候沒清乾淨的，自己發芽又長成了一大片。我已經跟局長報告了，下禮拜我們要去清理乾淨。

昱葳：先說喔，下週末是七夕，我和小吉已經排了休假。

小菜：喔妳們要去約會，我知道——那糰子，妳跟小柯呢？你們有什麼計畫嗎？

糰子：不知道耶，我們好像很久沒約會了。

昱葳：咦，怎麼會？

小菜：你們那麼快就進入倦怠期了喔？談戀愛真恐怖——

糰子：不是啦！就……每次我們見面，不是警局突然有事，就是有人需要急救，根本忙到沒辦法好好說話。

小菜：這樣子不行！糰子，你們必須好好約會！

昱葳：對呀，趁著七夕情人節出去玩嘛！

糰子：七夕……情人節？

昱葳：對呀，牛郎與織女一期一會，最適合安排浪漫的約會了。

糰子：原來如此，和我們日本的七夕不太一樣呢。

小菜：不管怎樣，你們都必須去約會！

糰子：可是——

小菜：沒有可是！感情是需要花時間相處，才有辦法維繫的——昱葳，妳說對不對！

昱葳：對呀！像我跟小吉每天從早到晚都在約會——不是啦，我是說值勤。

糰子：我很想呀，可是我不知道小柯他有沒有空……

昱葳：那就問他呀？逼他也可以！需要我們出動嗎？

（昱葳、小菜同時擺出上膛姿勢。）

糰子：不用了啦學姐！謝謝妳們的好意……好啦，我會跟小柯說的。

小菜：這還差不多……到時候再跟我們說，和小柯約會浪漫不浪漫囉。

昱葳：不用太期待啦，妳覺得那個木頭到可以的柯醫師還能搞出什麼？

小菜：也是啦，哈哈，我想太多。

（小菜和昱葳繼續說笑，糰子暗自嘆了口氣。）

◎第二場

（馬路邊的車禍現場，救護車鳴笛聲響個不停。）

（小柯滿頭大汗地蹲著幫垂死的傷患急救——好不容易救活對方，對方醒來後立刻若無其事地離開。）

小柯：喂喂喂，這樣就走了？太沒禮貌了吧——

（關掉救護車鳴笛聲，小柯坐在路邊休息，深呼吸放鬆。）

（這時，小柯醫師的手機響起，他接起手機，視訊畫面裡熊奇奇活力充沛地向他打招呼。）

熊奇奇：哈囉！哈囉！有聲音嗎？小柯醫師你那邊訊號怎麼那麼不穩啊？臉都糊掉了喔喂喂……

小柯：（四處走動，尋找訊號）等我一下，這裡訊號不好……這樣聽得到嗎？

熊奇奇：有了有了，好久不見，你都沒變耶！

小柯：才幾個月而已，沒那麼久啦！妳們那邊都還好嗎？

熊奇奇：超好的！我跟你說，不管你想像我們過得有多好，反正只要再乘以六十九倍就對了。

小柯：那真是太好了！

熊奇奇：而且我們最近做了一個很酷的秘密特訓！

小柯：什麼秘密特訓呀？

熊奇奇：就是——奇怪了，如果我就這樣跟你說，那還叫秘密嗎？（吐舌頭）

小柯：明明話題就是妳開始的耶！

林甜甜：（鏡頭外）熊奇奇，好了沒？

熊奇奇：啊，不說了啦，院長，換妳換妳。

（熊奇奇蹦跳著，將視訊畫面交棒給甜甜院長入鏡。）

林甜甜：嗨，小柯。那麼久沒見，鎮上最近還好嗎？

小柯：老樣子，整天在外面救人，除了動手術根本沒有時間待在醫院，哈哈。——對了，院長說有事要找我，是怎麼了嗎？

林甜甜：上次聽你說對參加海外的醫療研究計畫有興趣後，我有把你的資料給他們看。

小柯：真的嗎？謝謝院長。

林甜甜：他們看了資料對你很有興趣，想正式邀請你過去參與他們的計畫。

小柯：啊，那這樣醫院……

林甜甜：別擔心，我知道自由新鎮現在只有你一位醫師，我下次回去的時候也會順便處理一下醫院的人事，這幾個月真是麻煩你了。

小柯：不會麻煩，只是——

林甜甜：怎麼了？我還以為你會覺得很開心。

小柯：抱歉，我是很開心，只是這個消息有點太突然了，我還不知道該怎麼跟糰子說……

林甜甜：嗯，如果決定要來，遠距離會蠻辛苦的。

小柯：嗯……

林甜甜：你好好考慮一下吧，再跟我說你的決定囉。

小柯：好的，謝謝院長。

（院長的視訊通話結束，小柯對著手機嘆了口氣。）

（這時，糰子的警車才抵達現場。）

小柯：吼呦，糰子，妳怎麼現在才到。

糰子：對不起嘛，剛才跟學姐她們在警局談事情，沒有聽到對講機的聲音——對了，傷患呢？

小柯：我剛才幫他治好，就跑走啦！

糰子：不愧是小柯，醫術真厲害！

小柯：呃，是這樣嗎？

（小柯不好意思的笑了。他看著糰子，想起院長的話，不禁嘆了一口氣。）

糰子：怎麼了嗎小柯？

小柯：沒有啦，只是——（把話吞回去）妳剛才說聊天很開心，是聊什麼啊？

糰子：嗯，學姊說……（有點害羞）下週好像是「七夕」耶！

小柯：喔，好像是。

糰子：她們說七夕在你們這邊是情人節。然後啊我就在想，我們常常都要出動去救人，太忙了都沒辦法好好約會，我在想七夕這天我們可不可以——

小柯：糰子！我們那天就去約會吧！

糰子：真的嗎？

小柯：嗯，我會安排好行程，好好去玩，其他什麼事都別管。

糰子：那如果突然有壞人搶銀行呢？

小柯：沒關係，自由新鎮什麼不多警察最多，讓他們去處理！

糰子：可是如果有人快死掉了呢？

小柯：沒關係！生死有命，富貴在天。

糰子：（笑出來）笨蛋。其實學姊她們也說會幫我代班啦，那一天，我們就好好約會吧。

小柯：那就好。……糰子，到時候我有件事情想跟妳說。

糰子：嗯？什麼事呀。

小柯：哎呦，到時候就知道了。

糰子：什麼啦——（糰子輕輕抱住小柯）你不要給我什麼驚喜喔，這樣我會太開心的。

小柯：真的嗎？那我就不安排囉——

糰子：哎唷……你很討厭……

（看著糰子開心的樣子，小柯不禁也跟著笑了起來，心裡卻是五味雜陳。）

◎第三場

（七夕當天，糰子穿著約會的洋裝，依照約定的時間來到酒吧，卻發現門上掛著「整理中」的牌子，糰子疑惑地推開店門。）

糰子：有人在嗎？

（店裡燈光幽暗，一個客人也沒有。糰子來到吧台，只見小柯一身西裝筆挺，站在吧台內。）

糰子：小柯？

小柯：小森糰子小姐妳好，今天晚上，我是妳專屬的調酒師。

糰子：這是怎麼回事啊？

小柯：我向芯瑩包了這間店，還請他們教我調酒——這杯，是我為妳調的。

（小柯將一杯調酒放在糰子面前，糰子既驚喜又害羞地小口啜飲著。）

糰子：所以這整間店今晚，只有我們兩個嗎？真的太浪漫了……

小柯：接下來，請問您還想喝點什麼嗎？

糰子：嗯……請你推薦囉。

小柯：沒問題，我已經想好了。

糰子：好快！

小柯：哈哈，因為我會調的只有那幾種啦。

（糰子倚在吧台上，沉醉地欣賞著小柯俐落調酒的英姿。）

糰子：小柯，你好帥喔。

小柯：聽說不管是誰，只要站在吧台裡調酒看起來都會變帥喔。

糰子：可是像 Terry 感覺就還好耶。

（小柯忍不住笑出聲，他將一杯色彩鮮豔的調酒放在糰子面前。）

糰子：好美喔。

小柯：那個……糰子，在妳喝這杯之前，我有件事想跟妳說——

糰子：嗯？

（小柯深呼吸，正準備開口時，妘芮不知從哪裡冒了出來，嚇了小柯和糰子一跳。）

妘芮：老闆，給我來杯 Sex on the Beach！

小柯：局長！

糰子：芮！你怎麼在這邊！

妘芮：怎麼？我不能來酒吧，喝一杯調酒師小柯調的酒嗎？

小柯：但今晚是我——

妘芮：（打斷）包場約會咰？有什麼關係，人多比較熱鬧嘛！

（這時，昱葳和小吉從店門口衝進，小柯和糰子看傻了眼。）

昱葳：（朝對講機）小菜小菜，找到局長了，over！

小菜：（聲音）把他帶走，不准打擾糰子他們約會，over！

妘芮：昱葳同仁，別掃興嘛，over！

小吉：局長你也幫幫忙，葳和我今天明明也休假，可以請你不要製造麻煩嗎？

妘芮：你覺得我是那種人嗎？我們只是各自獨立的孤單靈魂，剛好在這個晚上，一起出現在這個酒吧裡——

昱葳：（打斷）廢話太多了。小吉，麻煩你——

（小吉從背袋裡拿出一顆保齡球，以完美的姿勢擲向妘芮——）

（砰的一聲！妘芮倒地。）

小吉：全倒！

昱葳：不好意思，既然問題解決了，那我們繼續回去打保齡球囉。

糰子：呃……謝謝你們？

（昱葳撿起保齡球，準備離去，被小吉拉住。）

小吉：葳，妳看小柯調的那杯，看起來好好喝喔。

昱葳：真的耶，顏色好美喔。

小吉：好想喝看看喔……

昱葳：我也是，真的好想喝……

（小柯和糰子對看一眼，深深嘆了口氣。）

小柯：……好吧，請問你們想喝什麼？

◎第四場

（山岡上的天文台，能俯視整座城市的夜色美景。）

（糰子眼睛緊閉，小柯牽著糰子的雙手，一步一步引導她來到瞭望台。）

糰子：到了嗎？

小柯：等一下，再往前走兩步。

糰子：到了嗎？

小柯：好了……妳可以張開眼睛了。

（糰子睜開眼睛，為眼前萬家燈火的夜景所折服、驚嘆。）

糰子：哇，我都不知道原來這裡的風景那麼漂亮。

小柯：嗯！抱歉，一直沒有機會帶妳多去不同的地方。

糰子：沒關係的，謝謝你，小柯。……對了，你是不是有什麼事想跟我說？

小柯：嗯，就是妳知道的，我——

糰子：（驚呼）北村！

小柯：呃，我是小柯……

糰子：不是啦，阿北……還有芯瑩，他們也在這裡。喂——

（只見兩人原本有些交疊的身影，在聽見喊聲時快速分開。芯瑩有些窘迫的走近。）

芯瑩：是……糰子？啊，還有小柯，你們怎麼在這邊？

（只見北村奔來，用手臂扣住小柯脖子，將他拖到一旁，低聲交談。）

北村：幹，你們怎麼會在這裡，你不是包下酒吧了嗎？

小柯：誰知道妘芮會跑來鬧啊，而且後來連小吉和昱葳也加入，喝醉後還直接變成卡拉OK大會。

北村：可憐啊，但你也不能來這邊鬧我啊！

小柯：啊，這裡就是你之前說的定情地嗎？

北村：對啦對啦，知道的話還不快滾！

芯瑩：（喊）你們兩個在聊什麼那麼開心，大家一起嘛！

糰子：（喊）對呀，今天好巧，不然我們四個一起玩也很好——

北村：（打斷）不可以！

小柯：沒事沒事，北村有些……醫學上的問題，我們處理一下。

糰子：是小柯之前得過的那個嗎？

小柯：噓！

糰子：放心啦，北村，每天擦藥很快就好了！

（北村用疑惑的眼神看向小柯，掃描他身體各處。）

小柯：別亂看啦！

北村：小柯，我就直說了，這個地方，我要！

小柯：什麼？

北村：這裡是我們先來的！

小柯：沒有規定吧！

北村：這是我們的定情地啦，不管啦！是不是兄弟？

小柯：我才要問你是不是兄弟咧，你用那麼多次這次借我一下啊！

北村：我給你三百塊，你去別的地方。

小柯：要不要換我給你五百塊，你去別的地方！

北村：……別逼我把你的車弄爆喔！

（小柯停頓，嘆了口氣。）

糰子、芯瑩：你們男人聊完了沒？

（小柯和北村一起轉頭，對芯瑩和糰子扯出難看的微笑。）

小柯、北村：好了——

◎第五場

（小柯騎著機車，載著糰子，奔馳在公路上。）

小柯：……我真的沒想到會在那邊遇到芯瑩和北村。

糰子：芯瑩平常顧店那麼忙，北村一定也準備這天準備很久，讓他們一下嘛！

小柯：誰要讓他呀？是因為我們還有下一站要去，我才決定先走的。

糰子：所以我們現在是要去哪裡呀？

小柯：我們去遊樂園，今晚七夕有特別夜間開放！

糰子：太棒了，我們可以去坐雲霄飛車、自由落體和海盜船——

小柯：會不會太刺激啦，情人節不是應該去坐摩天輪和旋轉木馬之類的嗎？

糰子：沒關係啦，都坐、都坐。

（這時，糰子手機響起，糰子拿起瞄了一眼，就又塞進口袋。）

小柯：不接一下嗎？

糰子：（搖頭）不用管它，我們說好今天要好好出去玩——

（糰子話還沒說完，小柯的手機就響起，小柯沒有理會，繼續騎車。）

（沒多久，糰子的手機也響了起來。）

（兩人一句話也沒說，任憑各自的手機漫長地響著——最後，小柯將車在路邊停下。）

小柯：……我覺得，我們還是接一下比較好。

糰子：可是我們說好了……

小柯：救人的工作，是沒有下班時間的。

（糰子和小柯各自長嘆了口氣，接起了電話。）

◎第六場

（夜深，小柯和糰子一起走出事故現場外的封鎖線。）

糰子：沒想到會弄到這個時間，遊樂園應該已經關了吧？

小柯：……糰子，對不起。

糰子：幹嘛對不起啦。你今天不是還特地學調酒，還準備了好幾個地點要帶我去，我覺得你好用心喔，我很開心喔。

小柯：可是沒有一個順利完成的……

糰子：（搖頭）你記得七夕的故事嗎？牛郎和織女他們平常不能見面，只有這天能見到彼此。所以今天我們能一直待在一起，這樣就已經很棒了。

（小柯點了點頭。）

小柯：日本也過七夕嗎？

糰子：嗯，我們會在竹子綁上卡片，祈求願望成真。

小柯：喔是那個啊，我在電影裡有看過。這附近好像沒有竹子……啊，我想到還有個地方，我們可以去！

糰子：咦，都這個時間了耶？

小柯：跟我來就對了。

（小柯將安全帽遞給糰子，發動機車，載著她再次出發。）

（機車行駛在偏僻的坡地道路上，最後來到被警方查封的大麻採集場。）

糰子：這不是以前黑幫的大麻田嗎？

小柯：對呀，被你們警方銷毀後沒想到又冒出來了。

糰子：我們來這裡做什麼呀，小柯？

小柯：等一下妳就知道了——來，我這裡剛好有紙，寫張七夕的許願卡片吧。

（小柯遞上卡片和筆，糰子疑惑地寫下心願。）

糰子：然後呢？

小柯：按照日本的習俗，應該是要綁在竹子上，但我們這裡沒有竹林，所以——

糰子：所以？

小柯：來，我們躺下吧。

（小柯拉著糰子在大麻叢間躺下。）

糰子：小柯，這是什麼意思呀。

小柯：妳不覺得躺在大麻樹下往上看，氣氛感覺蠻像的嗎？

糰子：……如果瞇著眼睛，再加上想像力，應該就——不，還是不太像。

小柯：可能需要嗑點藥，剛好這裡有很多——

糰子：小柯，我是警察耶！

小柯：開玩笑的啦！其實來這裡是因為我發現——

（小柯話還沒說完，只見五彩繽紛的煙火，接二連三在夜空綻放開來。）

小柯：我剛傳簡訊請 Terry 幫忙放煙火，我們在這裡看視野最好。

糰子：好漂亮……謝謝你，小柯，這真的是最棒、最棒的約會了。

小柯：糰子，我有件事想跟妳說——

糰子：等我一下。

（糰子坐起身，將心願卡片綁在大麻樹枝上。綁好後，一臉心滿意足的躺回小柯身邊。）

糰子：好了。

小柯：妳寫了什麼心願？

糰子：猜看看呀。

小柯：世界和平？

糰子：哼，才不是咧！（害臊地，越說越小聲）希望我們能一直像這樣，待在一起。……

（小柯心頭一震，原本要說出口的話，最後又吞了回去。）

糰子：對了，你今天是不是有話要跟我說啊？

小柯：（搖頭）是啊。但是我想跟妳說的話，剛才已經被妳說出來了。

（在煙火不斷綻放的天空底下，躺在大麻田裡的小柯和糰子，幸福地牽起了彼此的手。）

芮菜篇《新任務》

◎第一場

（警局，局長辦公室，小菜敲門走進。）

小菜：芮，找我嗎？

妘芮：小菜，有新的臥底任務，想要請妳幫忙。

小菜：我等很久了！這次的是什麼？

妘芮：我也還不知道，是上面派下來的。（拿出一只手提皮箱）我們一起看吧。

小菜：好。

（妘芮打開皮箱，拿出一個包裹。兩人小心拆開包裹，從裡面拿出一本字典般的硬殼書。）

小菜：是這次的劇本嗎？好厚！

妘芮：（察看說明）我看看……不是。

（妘芮翻開書，從挖空的內部拿出一台平版電腦。）

妘芮：嘖，過度包裝……

小菜：資料在這裡面嗎？

妘芮：（察看說明）嗯！應該——不是。他們會用 E-MAIL 寄給我。

小菜：搞笑啊！弄這些有的沒的。

（小菜從妘芮手上搶過平版，開始閱讀資料。）

妘芮：哎呦，我好不容易跟上面申請到設備，他們就順便寄過來了嘛！咦，箱子裡好像還有東西……皮鞭、蠟燭和手銬！（看向小菜）難道——

小菜：為了接觸邪惡組織的首領，這次我必須偽裝成頂尖的ＳＭ女王。

妘芮：啊啊果然……

小菜：局長，為了讓任務成功，你願意陪我練習嗎？

妘芮：我？妳是說……我跟妳一起？

（小菜揮動鞭子，發出清脆的啪噠聲。）

妘芮：呃，這種的我好像有點……

小菜：我想也是，只能找別人了。

妘芮：等一下！我是說這種的我很ＯＫ！ＯＫ、ＯＫ……

小菜：局長，你是在哭嗎？

妘芮：哪有，那是——開心的淚水，哈哈哈哈！

小菜：別開玩笑了！這次任務很危險，只許成功不許失敗。

妘芮：反正失敗就回來，上面會再叫別人去嘛！

小菜：也許我就再也不會回來了。

妘芮：什麼？

小菜：任務失敗的話，我應該會死。

（妘芮愣住，看著小菜認真的神情，他知道她說的都是真的。）

◎第二場

（妘芮心情鬱悶地在湖邊釣魚，不停地唉聲嘆氣。）

（這時，Terry 氣喘吁吁的送外賣來。）

妘芮：Terry，你也遲到太久了吧！

Terry：（上氣不接下氣地）以後……這麼遠的外送……我們……生意就不做了！

妘芮：謝啦。

（妘芮接過紙袋，打開拿出雞腿開始啃，轉頭見 Terry 還站在一旁。）

妘芮：好啦，別說我不夠意思。（將雞腿伸向 Terry）給你咬一口。

Terry：（暴怒）咬你媽啦！快付錢！

妘芮：奇怪了？你們不是超過三十分鐘還沒送到就免費嗎？

Terry：什麼時候的事——啊！

妘芮：想起來了响。

Terry：算我倒楣。

（Terry垂頭喪氣地準備離開。）

妘芮：喂，Terry，別說我不夠意思——

Terry：我就說我不要吃你的雞腿了！

妘芮：誰說要分你了？

Terry：明明剛剛——（嘆氣）算了！

妘芮：Terry，我付你一百，陪我聊一下。

Terry：太便宜了啦！

妘芮：一百五。

Terry：我們是酒吧不是酒店！你以為付錢我就會陪你聊天嗎？

妘芮：兩千。

Terry：（立刻坐下）嗨，局長大大，你想聊什麼？

妘芮：就是啊，我——

Terry：你？

妘芮：我——有一個朋友呀，他很喜歡他的同事，但一直被他同事發哥哥卡，所以他們就一直沒有進展。

Terry：嗯哼，然後呢？

妘芮：然後他同事接到一個危險的任務，很有可能會一去不回，你說他該怎麼辦？

Terry：喔，所以你——

妘芮：（乾咳打斷）不是我，是我朋友。

Terry：好，請幫我跟你朋友說，面對喜歡的人，有個非常重要的原則。

妘芮：是什麼？

Terry：必須趁她還活著的時候告白。

妘芮：廢話！死人是聽得到聲音逆！

Terry：我是認真的，畢竟臥底有危險，所以你告白要趁早。

妘芮：嗯，我會的——（改口）我是說，我會轉達給我朋友的。

（兩人一起看著平靜的湖面，Terry 突然嘆了一口氣。）

妘芮：怎麼了？

Terry：說到臥底……我就想到了曾小姐。

妘芮：呃，你是說之前那件事嗎。

Terry：是啊，曾迪瓊，你們派來監督我的臥底。那時候我真的把小汪跟她都當成我的朋友。沒想到還害到小汪……

妘芮：欸，我好像釣到魚了欸！哇，好大！我要站不住了——

Terry：局長，你不要緊張，我已經不怪你們了。那是你們的職責，我可以理解，而且那時候我剛到鎮上，也是把事情都想得太單純。

妘芮：那就好。

Terry：局長，曾小姐她……真正的她是怎麼樣的人啊？

妘芮：她……其實很勇敢，也很善良，所以一直對你們感到很愧疚。也是因為她，讓我知道有時候善惡並不是那麼表面的事情。

Terry：聽起來跟我認識的她也沒有差很多嘛。

妘芮：對啊，而且跟她相處越久，就會越發現她的溫柔和可愛，只要覺得對的事情，就會拼命去做……

Terry：等等，局長，你現在是在說你的朋友的朋友，還是在說曾小姐啊？

妘芮：當、當然是曾小姐啊，但是，跟我的朋友的朋友是不同人喔，你不要在那邊聯想！

Terry：我只是覺得你的語氣跟她很熟。

妘芮：沒有，我跟她不熟，而且她已經調去別的單位了。

Terry：好啦，我只是想說，如果你朋友喜歡的那個朋友也是這樣的話，那他真的是喜歡上一個很棒的女生呢。

妘芮：恩……是啊，我也覺得。

Terry：所以記得，一定要趁她還活著的時候告白喔。

妘芮：你說第三次了啦！

Terry：因為這真的很重要啊！

妘芮：好啦！總之，謝謝你陪我聊這些……

Terry：ＯＫ啦，也謝謝你幫我開發外送談心這個業務。跟您收兩千元。（伸）

妘芮：喔。（付錢）

Terry：謝啦。（拍肩）不過局長，那個「你朋友」應該其實就是——

妘芮：啊咂！

（Terry 話還沒說完，就被妘芮一記過肩摔摔進湖裡。）

◎第三場

（警局地下的拘留室裡，變裝完成的小菜，正在將妘芮花式綑綁。）

妘芮：等等，啊啊，這個姿勢不行！

小菜：少囉唆，你自己答應的！

妘芮：可是，這樣未免也……太恥了啊啊。

小菜：我看你倒挺享受的嘛！給我跪下！

妘芮：喂！不需要做到這樣吧！

小菜：我要進入角色啊——跪下！

妘芮：欸，小菜……

小菜：（打斷）誰是小菜？

妘芮：聽我說，我覺得……

小菜：（打斷）廢話少說！

（小菜將妘芮推倒，一腳踩在他背上，妘芮發出哀嚎。）

小菜：叫我女王大人。

妘芮：女王……大人……拜託請聽我說——

小菜：你沒有資格命令我！

妘芮：（打斷）小菜！我覺得妳不要接這個任務比較好！

（小菜一愣，手一鬆，妘芮倒在地上。）

妘芮：這個任務我覺得太危險了，我怕妳沒辦法——

小菜：（生氣地揪起妘芮）所以你現在是在質疑我的能力嘛！

妘芮：不是！我是怕妳沒辦法活著回來……

小菜：還不是一樣！

妘芮：不是啊，這種的臥底如果不小心擦槍走火，搞不好妳就要和對方——

小菜：為了實現正義，那點犧牲不算什麼！

妘芮：不行！妳是警察，開車窗上上下下就好，但手不能伸出車窗外——

小菜：聽不懂啦！

（這時，小吉正巧哼著歌走進拘留室，見到小菜與妘芮的 SM 裝扮，他立刻緩緩地倒退離開。）

妘芮：吉，不是你看到的那樣——

小吉：我知道，我知道，你們請繼續……

小菜：等等，你知道我是誰嗎？

（小吉歪著頭看著變裝後的小菜。）

小吉：呃，初次見面請多指教？

小菜：（興奮地）YES！（恢復回女王高傲神態）看什麼看，還不快滾！還是——你想要一起玩？

小吉：不不不了，感謝邀請。

小菜：喔？來嘛——

小吉：下次、下次啦啊啊啊！

（小吉落荒而逃，留下小菜和妘芮兩人尷尬靜默。）

妘芮：……小菜，這次可不可以不要去。

小菜：我必須完成任務。

妘芮：妳不去，上面就會找別人啊。

小菜：但上面找了我，而且我相信我可以！

妘芮：小菜……

小菜：別再說了，我不想聽。

（小菜把口球塞進妘芮嘴裡，靜默。）

小菜：以前我跟你商量臥底的事情，你都會很開心地幫我，為什麼這次你不能就跟以前一樣？

（妘芮無法出聲，只能搖頭。）

小菜：到頭來，你其實還是不相信我的能力。

（妘芮猛搖頭。）

小菜：算了，我自己一個人也可以……再見，局長。
（小菜轉身離去，留下驚恐的妘芮在原地掙扎。）
（這時，小吉和昱葳怯生生地探頭進來窺看。）
妘芮：（含糊不清地）救我——
（小吉和昱葳對看一眼，有默契地點了點頭。）
（妘芮見兩人走向自己，露出了「得救了」的神情，卻只見兩人拿出手機，開始瘋狂拍照。）
小吉：看吧，我說的都是真的。
昱葳：原來局長玩這麼大，我竟然都不知道，哈哈——
（妘芮眼神死地面對接連不斷的閃光燈。）

◎第四場

（身穿女裝、帶著假髮和墨鏡的妘芮走進酒吧，左右張望，接著來到吧台邊坐下。）
（原本站在吧台裡的 Terry，和坐在吧台邊的小柯，兩人面面相覷。）
Terry：局長？
妘芮：（慌張，高八度的聲音）誰是局長？你們認錯人了，呵呵，我是 Catherine 啦。
小柯：拜託，局長，就算你化成灰我們也認得出來啦！

Terry：別說了啦，他最近壓力很大……

小柯：是喔，我以為玩ＳＭ很舒壓的說。

（Terry和小柯哈哈大笑，妘芮的臉色越來越臭。）

Terry：但沒想到你有這種興趣耶，其實穿這樣還蠻適合你的——

妘芮：呵呵呵，請多多指教——（壓低聲音）敢亂叫我就試看看！

（妘芮的手伸進小提包裡，發出子彈上膛的聲音，兩人立刻閉嘴，舉手投降。）

妘芮：秘密任務，請當作不認識我。手放下、放下——

（這時變裝後的小菜走進酒吧，妘芮趕緊裝作若無其事的樣子，低頭喝酒。）

小菜：一杯咖啡馬丁尼。

Terry：好的。今天好多新朋友呢，呵呵。

（妘芮乾咳了一聲，瞪Terry。小菜聞聲看向這裡，妘芮趕緊裝沒事離開，順手抓起一瓶酒走向角落座位。）

（妘芮見小菜似乎沒有察覺異狀，忍不住鬆了一口氣。）

（小柯好奇地向小菜搭話。）

小柯：小姐，以前好像沒有見過妳，妳是剛搬來自由新鎮嗎？

小菜：只是剛好路過。（靠近測試）這位哥哥看起來好眼熟，我們以前有見過嗎？

小柯：應該沒有吧……

小菜：（靠得更近）看得再仔細一點，你真的沒見過我嗎？

小柯：（害羞地）我、我……應該……真的……沒有……

（糰子從洗手間走出，看見這一切。）

糰子：小柯醫師！

小柯：糰子？

糰子：不好意思，小柯醫師是我的，哼！

（糰子上前，將小柯一把拉走。）

（小菜暗自露出笑容。）

小菜：Yes，成功！

（Terry 端著一杯調酒，放在小菜面前。）

Terry：您好，這是您的咖啡馬丁尼。

小菜：謝謝。

（Terry 原本打算轉身離開前，突然停止動作，轉頭仔細端詳小菜。）

Terry：曾小姐？

小菜：咦？你認錯人了喔。

Terry：喔喔，抱歉，我只是覺得妳跟我一個老朋友很像。

小菜：屁啦，之前那明明是光頭欸——

Terry：果然是妳！

（小菜發現自己說溜嘴，將 Terry 拉到一旁，示意低調。）

Terry：（壓低聲音）妳是又在執行什麼臥底任務了嗎？

小菜：為什麼你認得出我？

Terry：我朋友很少……所以我認得他們每個人給我的感覺。

小菜：原來如此。（嘆了口氣）我不能暴露行蹤的，碰到你是我失算，再見。

（小菜轉身要走。）

Terry：等一下，我想問妳一個問題，一個就好，拜託！

小菜：不管你問什麼，恕我都無法回答你——

Terry：（打斷）曾小姐，請問妳最近過得好嗎？

（小菜一愣。）

小菜：……老樣子。

Terry：那就好，這樣我就放心了。不管妳要執行什麼任務，我都相信妳一定沒問題的。祝妳一切順利。

（小菜心頭一揪，轉頭面無表情地看向 Terry。）

小菜：有件事我一直想跟你說。

Terry：怎麼了？

小菜：你應該要多交一些朋友。

Terry：這個嘛……

小菜：我想只要多讓別人知道你的想法，你一定可以交到很多朋友的。不然開個網路電台也可以……

Terry：哎呦，可是……

小菜：如果你開了，我會聽的。

（小菜最後朝 Terry 露出一抹微笑，隨即又恢復冷酷的表情。）

小菜：再見。

（Terry 看著小菜離去的背影，露出既不捨又滿足的表情。）

Terry：再見，曾小姐。

（妘芮遠遠看著小菜和 Terry 溫馨的互動，內心五味雜陳。）

（他灌了一口又一口的酒，直到意識逐漸模糊。）

◎第五場

（妘芮幽幽醒來，發現自己雙手被反綁，躺在一台陌生的轎車後座。）

妘芮：這是怎麼回事？喂！有沒有人啊——

某男：就算你喊破喉嚨，也不會有人來救你的，小妞。

（一個陌生臉孔的男子，賊笑走近。）

妘芮：你想幹嘛？

某男：都被「撿屍」了，你覺得呢？

妘芮：滾開！我是男的耶！

某男：喔，我知道。

妘芮：（慘叫）啊啊啊——

某男：放棄掙扎，把電腦密碼交出來吧！

妘芮：啊啊啊——等等，你說什麼？

某男：別裝蒜了，你以為扮成女裝我就找不到你嗎？警察局長大人。

妘芮：難道你是那個組織的——

某男：我什麼都知道，臥底人員的名單和任務細節都在你手上，老實承認吧！

（男子狠捏妘芮奶頭，妘芮發出嬌嗔，趕緊咬牙忍耐。）

妘芮：我……不知道……你在說什麼……

某男：乖乖交出來，我會讓你走得比較快。
（男子從妘芮的小提包裡掏出手槍，指向妘芮。）
妘芮：真可惜，身為警察，卻要死在警察的槍下了。
（妘芮絕望地閉上眼睛。）
（這時，小菜出現，俐落地踹飛男子，將他擊倒制服在地。）
妘芮：小菜？
小菜：……局長，我發現你真的很喜歡被綁著耶。
（小菜為妘芮鬆綁。）
妘芮：妳怎麼知道我在這裡？
小菜：我後來換下衣服回酒吧想看你到底想搞什麼鬼，卻看到有人把你搬到車上。
妘芮：堂堂警察局長，竟然被副局長救，真是太丟臉了……
小菜：還說咧！穿成這樣，你到底想幹嘛？
妘芮：我想說……如果可以偽裝到別人認不出來，我就可以代替妳去臥底——
小菜：白癡！誰認不出來！
妘芮：唉，我真是失敗……
（妘芮垂頭喪氣地坐在轎車引擎蓋上，小菜嘆了口氣，坐在他身旁。）

小菜：局長，為什麼你不相信我？

妘芮：我不是不相信，我是……我對妳……

小菜：你對我？

妘芮：我是……我是捨不得妳去冒險。

小菜：（失望地）是喔。

妘芮：（低聲）而且妳不在，誰陪我唱歌啊？誰來盯我有沒有偷抽菸啊？

小菜：局長……

妘芮：不過，我放棄了。

小菜：啊？

妘芮：果然，為正義勇往直前的小菜，才是最棒的小菜——所以妳放心去吧。

小菜：……這樣真的好嗎？

妘芮：安啦安啦，我會把自由新鎮顧好的。

小菜：我才不相信咧，等我回來自由新鎮一定會被你搞得亂七八糟，像你現在這樣——

（小菜看著妘芮狼狽的模樣，忍不住哈哈大笑，妘芮也跟著笑了。）

小菜：……我會平安回來的，相信我。

妘芮：好，我相信妳。

小菜：那，要我開車送你回家了嗎？

妘芮：……我看我們還是再坐一下好了。

小菜：好啊。

（兩人相視而笑，在皎潔的月光下，如常地一唱一和那些屬於他們的歌。）

編劇後記

舞台劇《自由新鎮1.5戀愛之神與祂的背叛者們》對身為編劇我來說，是一段前所未有的奇幻旅程。本篇無雷，若還沒看過演出或劇本的讀者，先看也無妨。

二〇一七年，在寫了幾年電視劇後，我決定將創作重心移動回舞台劇，然後再次感受到劇場和大眾間的距離，真的非常非常遙遠。內容通俗對許多劇場創作者來說，彷彿是個負面批評，上不了表演藝術的殿堂。雖然我也曾嚮往成為文藝青年，能品味那些表現形式抽象曖昧的演出，然後引經據典地侃侃而談。但比起這些，我好像更喜歡那些直截了當、精彩爽快的故事，那些從小看到大的動漫、影視和小說，是真正孕育我創作的搖籃。於是我開始在小劇場創作科幻題材的舞台劇，連續三年推出《方舟三部曲》演出，頗受觀眾好評，這些成功經驗後來也都充分發揮在《自由新鎮1.5》的創作裡。

儘管自認是個對動漫愛不釋手的阿宅，卻唯獨電玩沒有走入我的生命。也許是我反應笨拙又缺乏耐心，好勝心又強，玩遊戲對我真的就是一樁苦差事。幸好有遊戲實況的存在，讓我得以透過觀賞別人操作遊戲，體會這個世界的神奇與美好。同時，也因為認識了阿蘇（導演蘇志翔），讓我對網路世代有了新的想法。

幾年前，我和阿蘇在同個舞台劇組，某次排練後，他心血來潮開台直播我們吃飯閒聊。那是個平常上班日的下午，令我難以置信地，竟然有數千人在線上同步觀賞。對當時仍迷惘於表演藝術象牙塔裡的我來說，可以說是一次劇烈的震撼教育，我深刻感受到時代正在改變——那些大人眼中所謂的「次文化」：動漫、遊戲與網路社群，已經是年輕世代如呼吸般自然的「主流」，蘊藏著巨大的創意與能量，等待在適當時機井噴式大爆發——而《自由新鎮1.5》的誕生，也許就是這股能量匯聚的成果。

劇本創作過程中，第一個挑戰是：該如何處理龐大的資料？《自由新鎮》數千個小時的RP實況錄影，如果想追完每一條線，所需要花費的心力可不是開玩笑的。但如果我無法掌握每個人物的個性、語氣，以及過去發生的事情，背叛了粉絲的期待，這齣戲就註定會失敗。因此我聘請了好友呂女（呂筱翊），並將自帶粉絲體質的她推坑成功。她花了大把大把時間、不眠不休地追完所有《自由新鎮》實況精華，成為我與劇組創作時最堅實的行動資料庫，她也因此被封為「自由新鎮鎮史館榮譽館長」。

第二個挑戰是：如何把《自由新鎮》在有限的演出時間裡，讓每個角色都能有所發揮。由於每個角色都有眾多的粉絲，如果顧此失彼了，編劇就會下地獄。但若把戲份均分，演出就很有可能變得像鬆散的同樂會。經過一番痛苦掙扎後，除了精算每個人物登場的時間外，也採取「瞬間亮點」的寫作策略，讓每個角色無論戲份多寡都同樣令人印象深刻——這時候館長呂女貢獻的資料庫功不可沒，這些屬於角色們的「梗（哏）」，不僅是增添魅力，同時也連結觀眾的情感，把角色從二次元的遊戲模組，帶到二點五次元的劇場舞台。最後再輔以每場不同角色的彩蛋戲份，去滿足粉絲們的期待。

在劇情上，由於《自由新鎮》本篇的故事已經完結，必須思考如何在同樣的世界觀下，重啟一個新的衝突，同時不能影響到《自由新鎮2》的情節發展。觀察了粉絲們的反應後，我決定從大家最關注的感情線下手，但由於「拆CP會下地獄」，於是我便借用了莎士比亞《仲夏夜之夢》裡，愛情靈藥使戀人們意亂情迷，愛上錯誤對象的情節，讓戲劇衝突由此，但最後所有人的關係仍會被修復，甚至經歷磨難後，推進了彼此間的感情。

最後一個，也是我最渴望達成的挑戰就是：讓沒有看過《自由新鎮》RP的劇場觀眾，也能無痛進入這個世界。我必須透過全劇的前三場戲，邊推進劇情，邊介紹出每個角色的個性，過去與現在面臨的處境。讓新觀眾即使不明白RP的梗，也能很快透過人際關係間的愛恨情仇，以及事件引發的衝突，進入《自由新鎮》的世界。

我曾和一些劇場和影視的朋友們介紹這個創作，發現許多人完全不知道有實況RP這個領域，讓我覺得蠻可惜的。這個地方如此美好，如果我們有機會能讓原本完全不認識的人，有機會接觸，甚至愛上這裡，那不是更好嗎？也因此，我在創作時也會時刻提醒自己必須拉開距離，確保這個故事能讓對《自由新鎮》全然陌生的觀眾，也能享受其中，而不只是內部粉絲的狂歡。

解決了寫作上的各種技術問題，回到故事本身，我必須面對的是：這個演出想要傳達的情感核心是什麼？如果這個故事無法先感動我自己，那演出就很有可能會變成人氣角色們的日常流水帳，無法給粉絲帶來比觀賞RP更多的感動。而這個情感核心，則是我在創作過程中一步一步尋找到的。

隨著對《自由新鎮》的瞭解越來越深，逐漸產生了一種奇妙的歸屬感——在那裡的人們表達直接，敢愛敢恨，沒有太多拐彎抹角和猜忌懷疑，卻又溫暖而包容，彷彿像是彼得潘的夢幻島一樣，令人心生嚮往。而我發現，有這種感覺的並不只有我，許多粉絲們也同樣渴望成為自由新鎮的一份子。於是，我決定將「找回失去的愛與歸屬感」作為我本次創作的主要課題，同時也希望來觀賞演出的觀眾，在踏入劇場的那瞬間，能從「來看」自由新鎮變成「回到」自由新鎮，像是熟悉的老朋友們團聚，一起完成這場演出。

總而言之，這是一次很獨特也很讓人享受的創作經驗。過程中每完成一個階段，都會和導演、製作人、館長和演員們討論，收集意見以修改劇本。而演員們的意見給我的幫助特別大，畢竟這些角色當初就是他們創造的，從他們嘴裡說出來的角色反應也是最真實的。對我來說，《自由新鎮1.5》這個劇本並非只屬於我，我只是從旁搭建起這個能讓實況主們大展身手的舞台罷了。同時，我也覺得這齣戲屬於過程中參與的每一個人，不只是演出與製作團隊，也包含了每一個喜歡新鎮的粉絲，正是因為有大家對《自由新鎮》的愛，這個充滿歡笑與眼淚的演出才能順利誕生。

最後再次衷心感謝所有人，感謝《自由新鎮》。

※本書首刷版稅，扣除編輯相關支出，將全數捐給同志諮詢熱線協會。

林孟寰（大貧） 宅故事創作 Story Nerd Works 故事總監

《自由新鎮 1.5 舞台劇：戀愛之神與祂的背叛者們》首演資訊

首演時間｜2020 年 10 月 9、10、11 日
首演地點｜國立台灣藝術大學表演廳

導　　演｜蘇志翔（鳥屎）
編　　劇｜林孟寰（大資）宅故事創作 Story Nerd Works
音樂設計｜藝級玩家
演　　員｜Fick、Leggy、Rami、八毛、小六、小熊、老王、李迅、阿北、油條、阿謙、森野葉子、愛倫、學長 Abby、顏辰歡、高華麗、鄭雅之、胡雅絜、莊凱傑、杜偉誠
製作統籌｜三點水製藝文化有限公司
製 作 人｜李啟源（馬弟）
執行製作｜林嘉容
舞台監督｜孫唯真（水牛）
舞台設計｜吳明軒
燈光設計｜周佳儀（甜不辣）
音響設計｜廖俊榮
影像設計｜鄭雅之
服裝設計｜張義宗（強尼）
髮妝造型｜Evon
平面設計｜歐陽文慧
二次元主視覺｜阿卡
標準字｜馬顥、歐陽文慧
行銷宣傳｜凌韻筑（寒冷）、王于瑄、賴鈺錚、朱洛正
數位行銷｜五口創意工作室
票務｜史潔
週邊商品統籌｜蔡語彤
導演助理｜黎素婷
自由新鎮鎮史館榮譽館長｜呂筱翊（呂女）

國家圖書館出版品預行編目（CIP）資料

自由新鎮 1.5 舞台劇劇本書：戀愛之神與祂的背叛者們 / 林孟寰（宅故事創作 Story Nerd Works）著．– 初版．– 臺北市：臺灣東販股份有限公司，2021.04
240 面；14.7×21 公分
ISBN 978-986-511-624-8（平裝）

863.54　　110001008

自由新鎮 1.5 舞台劇劇本書
戀愛之神與祂的背叛者們

2021 年 04 月 01 日初版第一刷發行
2021 年 05 月 01 日初版第二刷發行

著　　者　林孟寰（宅故事創作 Story Nerd Works）
劇本監修　呂筱翊
編校助理　邱逢樟
劇照攝影　唐健哲
插　　畫　阿卡
編　　輯　鄧琪潔
美術設計　黃瀞瑢
發 行 人　南部裕
發 行 所　台灣東販股份有限公司
＜地址＞台北市南京東路 4 段 130 號 2F-1
＜電話＞（02）2577-8878
＜傳真＞（02）2577-8896
＜網址＞ http://www.tohan.com.tw
郵撥帳號　1405049-4
法律顧問　蕭雄淋律師
總 經 銷　聯合發行股份有限公司
＜電話＞（02）2917-8022

※ 全書劇照皆由三點水製藝文化公司提供。